JN304524

昭和二十年夏、僕は兵士だった

梯 久美子

角川文庫
16876

まえがき

昭和二〇年夏。戦争は、敗けて終わった。二〇代の若者の多くが、兵士として終戦を迎えた（本書でいう兵士とは、兵卒の意味ではなく、戦うための人員として戦争に動員された人のすべてを指す）。生き残ったかれらは、仕事を見つけ、あるいはもう一度学校で学び直し、社会へと出ていった。

廃墟《はいきょ》の中から新しい日本を作ったのは、かれら若い兵士だった世代である。敗戦国の兵士たちが、戦後を生きるとはどういうことだったのか。戦争の記憶は、かれらの中に、どのような形で存在し、その後の人生にどう影響を与えてきたのだろうか。

私事にわたるが、私の父は、あの戦争で兵士であった最後の世代である。戦時中、日本軍は一〇代の少年を対象にしたさまざまな軍関係の学校や教育制度を作り、即戦力となる兵士を短期間で育てようとした。戦争末期になると、それらはほとんど乱立の様相を呈するにいたる。

本書でインタビューした大塚初重《おおつかはつしげ》氏も、海軍の気象術予備練習生という制度によって、昭和二〇年三月、一八歳で一等兵曹になっている。私の父は、昭和一九年に設置された陸軍大分少年飛行兵学校に一五歳で入校、終戦時は一七歳の一等兵だった。その子供である私は、かつて兵士であった父親を持つ最後の世代ということになる。

自身の戦争体験をまったくと言っていいほど語らない父だったが、八〇代に近づいた頃から、質問すればぽつりぽつりと答えるようになった。前線に出た経験はないが、話を聞いていると、父はあの時代、わずか一七歳にして、まぎれもなく兵士だったのだということがわかってくる。

戦後一六年目に生まれた私は、子供の頃から、学校の授業や各種メディアを通して、空襲や原爆や沖縄の地上戦などで被害者となった人たちの話に数多く接し、それによって戦争のイメージを形作ってきた。しかし父の話は、そうした話とはまた違った側面から、戦争というものの姿を垣間《かいま》見せてくれたように思う。

市民が動員されて兵士になったのがあの戦争であり、市民と兵士、というように二つに分けて考えることは適当ではないのだろう。しかし、兵士の経験を持つ人にとっての戦争は、ずっと市民の立場だった人とは、やはり違うはずだ。

単に被害者として自分を規定することのできなかった人たち——とりわけ、人生のとば口に立ったばかりだった、若い元兵士たち——は、戦争の体験とどのように折り合いをつけて戦後を生きてきたのだろう。戦後世代である私にとって戦争のイメージとは、まず「死」、それも非業の死である。生き残ったかれらが、死者たちの存在をどのように背負って生きてきたのか、それも知りたかった。

この五、六年、戦争にかかわる取材をしてきたこともあるのだろう、父の世代以上の人に会うと、この人も兵士だったことがあるのだろうかと思うようになった。人物や仕事に興味を持つほどに、この人の中には戦争のどんな記憶が眠っているのか知りたくなるのである。

平成一九年の春、ある雑誌の記事が目にとまった。俳人・金子《かねこ》兜太《とうた》氏へのインタビューである。健康法を問われ、当時八七歳の金子氏は、毎朝、立禅《りつぜん》をしています、と答えていた。立禅というのは彼の造語で、座禅を組む代わりに立ったまま瞑想《めいそう》するのだそうだ。

しかし、どうしても邪念が浮かぶ。そこで、忘れられない死者の顔と名前を、ひとりずつ思い浮かべていくのだという。その数は百余名にのぼる。

この人は、こんなふうに死者とつきあっているのか。そう思った。

金子氏は戦時中、海軍主計中尉としてトラック島に赴いている。日本の将兵の多くが、おもに飢えのために死んだ島だ。やせ衰えて死んでいった人たちの、小さくなった木の葉のような顔が目にこびりついて離れないと、記事の中で語っていた。

金子兜太氏といえば、現代を代表する俳人である。「朝日俳壇」の選者を長年つとめ、NHKの俳句の番組でもよく顔を見る。あの人が、人生の大半を、死者をかたわらに置いて生きてきたのか。

金子氏の経歴を見ると、昭和一八年夏、東大の経済学部を半年繰り上げて卒業し、日本銀行に就職している。三日間だけ勤めて退職し、海軍へ。いわゆる〝紐《ひも》付き退職〟で、戦地から生きて戻ってくれれば復職できる仕組みである。

海軍経理学校で短期現役主計科士官として六か月間訓練を受け、すぐに戦地へ送られている。ミクロネシアのトラック島。当時、海軍基地があった最前線の島である。

私は金子氏に電話をし、戦争の話を聞きたいのです、と言った。たくさんの人が死んで、でもあなたは生き残った。死んだ人たちと、生きている自分について、話してもらえないでしょうか。

注意深く聞いている気配がした。しばらく会話した後、俳人は、よしわかった、と言った。わかった、あんたに話そう――。

ここから、本書の取材は始まった。

この本の中で話を聞いた金子兜太、大塚初重、三國連太郎《みくにれんたろう》、水木《みずき》しげる、池田武邦《いけだたけくに》の五氏は、終戦時に一八歳から二六歳だった。現在はそれぞれの分野の第一人者であり、功成り名を遂げた人たちと言っていいだろう。

かれらもまた、あの夏、ひとりの兵士だった。ゼロからスタートして、何者かになったのである。その半生は、戦争に敗けた国が、どのようにして立ち上がっていったかの物語でもある。

昭和二十年夏、僕は兵士だった　目次

賭博、男色、殺人――。
南の島でわたしの部下は、何でもありの荒くれ男たち。
でもわたしはかれらが好きだった。
――金子兜太

トラック島にて

金子兜太（かねこ・とうた）
一九一九（大正八）年生まれ。埼玉県秩父《ちちぶ》出身。俳人。東京帝國大学経済学部を繰り上げ卒業して日本銀行に入行。その後、海軍主計将校としてトラック島に赴く。一九六二年、同人誌「海程」創刊、主宰。二〇〇二年『東国抄』で蛇笏賞を受賞。句集に『少年』『詩経国風』『両神』『日常』『金子兜太（全四巻）』などがある。

秋の一日、埼玉県熊谷《くまがや》市の自宅に、金子兜太氏を訪ねた。

通された客間は庭に面していた。さまざまな植物が植えられ、鳥の声がする。座り心地のいい布張りのソファと、手入れの行き届いた古い家具。ガラス戸はきれいに磨かれている。ていねいに暮らしている人の家だと思った。

気持ちのいい部屋ですね、と言うと、そうか、そりゃあせがれの嫁さんのおかげだ、と笑った。前年に夫人を亡くし、息子夫婦と暮らしているという。

金子氏は紺色の作務衣《さむえ》姿だった。袖口《そでぐち》からのぞく手首が太い。兜太、という名は父がつけた本名だというが、あごの骨ががっしりと張っていて、その顔はまさに「兜」という字のような形をしている。

骨太な身体からは、八七歳とは思えない野性的な迫力のようなものが伝わってくる。眼光もするどい。が、ときどき、なんともいえない茶目っ気が目と口元に浮かぶことがある。

大柄な身体を椅子に沈め、よく通る野太い声で、金子氏は話しはじめた。

――トラック島は、大小の島からなる大きな環礁で、その中の夏島という島に、第四海軍施設部の*主計中尉としてわたしは着任した。金銭や食料に関することと、庶務的なことが仕事だった。

着任するとすぐ、*甲板士官《かんぱんしかん》というのになってね。工員たちの風紀を取り締まるのが仕事で、ほんらいは兵科の士官の役目なんだが、施設部ってのは土建部隊だから、軍人は主計科と軍医科しかいない。それでわたしにお鉢が回ってきたわけだ。

施設部の仕事は要塞《ようさい》を構築することで、多くが応募してきた工員だった。全部で一万二〇〇〇人ほどいて、その中で、戦争末期になってのわたしの直属の部下は約二〇〇人。肉体労働で生きてきた男たちがほとんどだ。

やくざ者も多かった。入れ墨もめずらしくなかったな。バクチはやるし、島に女性がいなくなってからは、公然と男色行為にふける者もいた。

中国大陸の大連《だいれん》で人を殺して、内地にもいられなくなって島に来たという男がいてね。それだけで、部隊ではもう英雄なんだ。花札がはじまると――食い物が不足してみんな腹を空《す》かしてるから、かっぱらってきたイモを賭《か》けてやるんだ――こう、肌脱ぎになって相手の札を読む。肌が白くて、引き締まった身体をしてた。色男だったが、目のあたりがなんとなくいつも殺気立っていたな。

ひとところに長くいられない性格の、風来坊みたいな男もいた。世間師というのか、ものを売ったりしながら、日本中あちこち渡り歩く。そういう男たちが、労働者として南洋に流れてくる。

ええとあれだ、フーテンの寅さん。まさにああいう感じなんだな。戦後になってあの映画を見たとき、いたいた、こういうやつがおれの部隊にも、と思ったよ。あれは実にリアルな人物像なんだ。

荒くれ男たちを束ねる

バクチに男色と聞いて、まがりなりにも軍隊内でそんなことがあるのかと私は驚いたが、

＊主計中尉（しゅけいちゅうい）
海軍で庶務・会計・被服・糧食を担当したのが主計科で、金子兜太氏はその中尉としてトラック島におもむいた。
＊甲板士官（かんぱんしかん）
「士官」は将校およびその担当官の総称で、日本帝国海軍では少尉以上の尉官、佐官、将官を指す。「甲板士官」は、艦船での規律、規則の維持を行った。

工員同士の殺人事件が起こったこともあるという。

何気ない顔をして相手に近づき、おう久しぶり、と言いながら肩をつかまえ、そのままぐっと片手で首を抱えて、持っていた刃物で頸動脈《けいどうみゃく》をざっくり切った。即死である。殺した男は牢《ろう》に入り、重労働を科せられたが、殺し方が見事だったと工員たちの間で評判になったという。

「あいつはすごいと、みんなから尊敬の目で見られたね」

大学を出たばかりの二四歳の若造が、いきなり海千山千の男たちの中に放り込まれたことになる。

金子氏が着任したのは昭和一九年三月初旬。横浜の磯子《いそご》から、海軍の二式大艇という飛行艇で飛んだ。着いたトラック島は「とにかく真っ黒焦げだった」。前月、アメリカの機*動部隊に二日連続で爆撃を受け、二七〇機の飛行機と四三隻の艦船を失っていた。環礁の中には、いくつもの艦船が無惨に船底を見せて沈んでいた。

トラックは、サイパンやグアムなどのように単独の島ではない。大きな環礁の中に、大小さまざまな島が点在しており、正確にいえばトラック諸島である。

春・夏・秋・冬と季節の名がつけられた四季諸島、月曜・火曜・水曜……と曜日の名がついた七曜諸島。主要な施設が集まり、基地の中枢となっていたのは、金子氏が着任した夏島である。そのほかにも、零戦の基地があった竹島をはじめ、薄島《すすき》、楓島《かえで》、芙蓉島《ふよう》など、美しい名のつけられたいくつもの小島があり、島の数は全部で九〇にもなる。

これらの島々は、ぐるりと取り巻く環礁に守られた形になっているため、波は静かで、艦隊の停泊地として最適だった。一時は「武蔵《むさし》」、「長門《ながと》」、「大和《やまと》」などの戦艦も、ここに碇《いかり》を下ろしていた。

米軍に空から叩《たた》かれ、黒焦げになったトラック島をどうするのか。——要塞化して死守せよ、というのが上層部の命令だった。

しかし結局、米軍がトラック島に上陸してくることはなかった。かれらが向かったのは*マリアナ諸島である。サイパン、グアム、テニアンで上陸作戦を行い、飛行場を手に入れ

*機動部隊（きどうぶたい）
航空母艦を中心に、巡洋艦、駆逐艦などで編制された、高い戦闘能力をもつ海軍の部隊。航空機の機動力を活用した攻撃を特徴とした。
*マリアナ諸島（まりあなしょとう）
小笠原諸島の南方800〜1300キロメートル洋上に位置し、約15の島からなる。グアム島、サイパン島、テニアン島など、太平洋戦争で日米の主力部隊が激突した激戦地が多くある。第一次世界大戦後は日本の委任統治領だったが、第二次世界大戦後、アメリカの信託統治領となった。現在はアメリカの自治領。

た。そこからは、B29*で本土爆撃が可能だ。トラック島は放棄された。補給を断たれ、満足な武器も食料もないまま、自活するしかなくなった。終戦まで、飢えとの戦いが続くことになる。

そんな状況の中で、学校を出たばかりの若い士官が荒くれ男たちを束ねていくのは大変だったはずだ。しかし金子氏は、かれらが決して嫌いではなかった。つきあうほどに親しみを感じるようになっていったという。

——実にいろいろな人がいて、若いわたしには面白かった。無頼とはこういうことか、と思うような人も見ました。

あんたは男色の話を聞いて驚いていたが、爆撃が激しくなって、島にいる慰安婦がみんな内地に帰ってしまったら、恐るべき勢いで男色が広まった。若い男の取り合いでケンカが絶えなかった。わたしはそれを見ていて、そうか、人間というものは、こういうものなんだと思った。

底辺といえばまさに底辺の人たちなんだが、人間というものの、むき出しの、生《なま》な姿があった。そこに、なんともいえず惹《ひ》かれたんだ。

元来わたしは、本能というものがむき出しになったような世界が好きなんだな。人間も動物じゃないか、と思っている部分がある。これは、わたしの育った秩父という土地の影響もあるかもしれないね。

戦争に一縷の望みをかけた人々

金子氏が育った埼玉県秩父は、山里で耕地が少なく、かつては養蚕で現金収入を補っていた。しかし繭《まゆ》の価格の変動は激しく、生活は不安定。特に、金子氏が小学校に入ったころは、昭和の大恐慌の始まりで不況のどん底だった。

——もちろんうちも貧乏だった。わたしの父親は医者だったんだが、患者を診《み》ても、盆暮れで集金をするとき以外はほとんどカネを払ってもらえない。健康保険の制度ができるまでは、現金はほとんど入ってこなかった。代わりに川でとった鮎《あゆ》や、わずかな畑でとれたトウモロコシを持ってくる。現金がないと米が買えないから、おふくろは苦労していた

＊B29
アメリカのボーイング社が設計・製造し、第二次世界大戦末期に活躍したアメリカの戦略爆撃機。航続距離の長さと飛行高度の高さを活かし、日本本土を繰り返し爆撃。計15万トン近くもの爆弾を投下した。

な。

　魚やトウモロコシも持ってこられない家は、庭石と称して石を持ってくる。あるいは自分の家の庭の木を掘って持ってくる。だから実家の庭にはいまでも、妙な石と木がやたらとあるんだよ。

秩父は山国だから、気質が荒っぽい。うちは親父が俳句をやっていたんで、家で句会を開いていた。終わると宴会になって、しばらくするとかならず喧嘩《けんか》がおっぱじまる。俳句の話が、いつのまにか「俺のカカアに色目つかいやがって、お前いったいどういう料簡《りょうけん》だ」みたいな話になって、殴り合う。山仕事をやってる男たちだから、気は荒いし腕っぷしは強い。そんなのを面白がって見て育ったんだ。


　そんな貧しい秩父の人たちが、戦争をいやがっていたかというと、決してそうではなかったと金子氏は言う。むしろ歓迎していた、と。


　――戦争でこの貧しさがなんとかなるんじゃないか、少しは救われるんじゃないかと、一縷《いちる》の望みをかけていたんだな。それほど貧乏がつらかったということです。

トラック島の、わたしの部下たちも似たようなものだったと思う。内地にいられなくなって逃げて来た者も、南洋ならもうちょっと稼げるんじゃないかと思って来た者も、心のどこかで戦争を頼みにして、南へ行けばなんとかなるんじゃないかという、かれらなりの希望みたいなものを持って来たんじゃないか。

大義とか何とか、そんなものはないんだ。着任したばかりのころ、わたしは若くて馬鹿だったから、こんな南の最前線まで来た人たちなんだから、戦争をするつもりで来たんだと思い込んでいた。でも、そうじゃないと、だんだんわかってきた。もっと本能的に、ただ生きるために、流れ流れて南の果てまでやって来た人たちだった。

そういう人たちがね、食うものがなくて、枯れ木のようにやせ細って死んでいった。食い物の調達が仕事である主計科の自分が、部下を飢えで死なせたこと、これはわたしには非常にこたえました。つらかったねえ。

昭和一九年七月にサイパンが陥落すると、米軍機の爆撃が激しくなった。補給路は完全に断たれ、食糧事情はますます逼迫《ひっぱく》する。自給につとめたが、工員の地位は軍人に比べて低く、すべてが軍人優先だった。あてがわれた土地も条件が悪く、肥料も乏しい。

ジャングルを切り拓《ひら》いてサツマイモを栽培した。「沖縄100号」という品種名を、金子氏ははっきり覚えていた。そのイモの葉を食い荒らし、一夜のうちに畑を全滅させてしまった「夜盗虫《よとうむし》」という虫の名も。

虫が踏みつぶされるような死

――腹が減ってどうしようもないから、拾い食いのようなことをする者が出てくる。当時、海にダイナマイトを放り込んで魚を捕ってたんだが、あがってきたフグは捨てていた。危ないからね。しかしそれを拾って食うやつがいる。そんなことをしたら死ぬぞといくら言っても、「うまい、うまい」と言って食う。そして死んでしまう。

雑草を煮て食う者もいる。食べ過ぎて腹をこわし、下痢《げり》をして脱水症状を起こす。そうして衰弱して、やっぱり死ぬ。

空腹にじっと耐えていれば死ななくてすんだのが、我慢できず手当たり次第何でも口に入れたために命を落とすということがたくさんあった。

目的とか大義とか、そういうものを持っていない者は、こういうときにやっぱり弱い。我慢がきかんのです。あっというまに衰えていって、ある状態までくると、ガクッと駄目になるんだ。

そういう人の死に顔は、木の葉のようです。人間の尊厳みたいなものが失われた顔になって死んでいく。

かれらは、南方の戦地に土方に行くんだから、もしかすると爆弾に当たって死んじまうかもしれないとは考えていたでしょう。だが、まさか飢えて死ぬとは思ってもいなかったんじゃないか。南方なら、何とか食える。そう思って、それを頼りに、こんなところまでやって来たんだから。

これこそが非業《ひごう》の死者というものだと、わたしは思った。戦争の理不尽とはわたしにとって、かれらの、あの、木の葉のような顔です。ひからびて、小さく小さくなった仏様のような顔。

教養も何もない人たちです。わたしの田舎の人たちと同じように、この戦争をどこかで頼みに思っていた人たちが、何もわからず死んでいった。虫が踏みつぶされるように——。これ以上みじめな死がありますか。


金子氏の話を聞きながら、私は特攻隊の若者たちの死を思った。操縦士や機上通信士になれたということは、かれらが人並み以上に頭脳明晰《めいせき》で身体強健だったということだ。その、優秀で前途洋々たる若者たちが、人生のとば口で命を絶たれたことは、痛ましさの極みである。だから繰り返し語られ、理不尽な死の象徴となってきた。

だが、金子氏がトラック島で見たのは、特攻隊の若者たちとは対極にある死者たちだった。大義も美学もなく、ただやせ衰えて消えていった命。語り継ぐもののない、みじめなだけの死――。そんな死者のための場所を、金子氏はずっと、自分の中に確保し続けてきたのである。

一七歳が見た戦地

神奈川県相模原《さがみはら》市に住む梅澤博《うめざわひろし》氏を訪ねたのは、金子兜太氏の自宅で話を聞いた数日後のことである。

梅澤氏は、大正一五年生まれ。金子氏のいたトラック島第四海軍施設部の軍属*だった人で、金子氏が「当時のことについて、わたしの話に思い違いや間違いがあってはいけない。梅澤さんなら、きちんとした資料を持っているし、ご自分でも当時の回想録を書いておられるから」と言って紹介してくれたのである。

梅澤氏は、旧制中学を出て海軍軍属に応募し、一等記録員（理事生代員）として、昭和一九年二月、トラック島に赴いた。事前に読んだ氏の手記『トラック島飢餓戦記』には、手描きによる施設部付近の略図がある。庁舎や宿舎、防空壕《ぼうくうごう》、艦隊司令部などの位置が描き込まれた地図の端、海と陸地を分ける線のところに小さな印があり〝よく泣きに行った小さな桟橋〟と記されていた。

これまで読んできた軍人の手記の多くが、部隊付近の地図を載せていたが、泣きに行った場所を記してあるものは初めて見た。私は梅澤氏と会ってまず、この桟橋について訊《き》いてみた。

「ああ、これですか。この桟橋に立つと、北斗七星の、尻尾《しっぽ》の二つの星だけが見えるんです。身体は立派でも、まだ子供みたいなものでしたから、やっぱりホームシックになりました。泣きたくなったら、そこへ行って泣くんですよ」

まだ一七歳だった。梅澤氏ら中学を卒業したばかりの軍属たちは、「学生班」と呼ばれたという。

「正確には、もう学生ではないんですよ。おそらく、ずいぶんと子ども子どもしていたん

＊軍属（ぐんぞく）
軍隊に所属するが、軍人ではなく、本人の意志で職業として陸海軍に勤務する者のこと。文官・雇員・傭人に分けられ、文官には普通文官（書記官や事務官など）、教官、技術官、法務官、監獄官、通訳官などがあった。雇員・傭人には、看護師や消防士、守衛、理髪師から売店の販売員まで幅広い職務があり、機器や資材の整備・点検、輸送業務など、軍人の担当官がいる職務もあった。

でしょう」

トラック島は、北緯七度二五分。ぎりぎり北半球にある。北斗七星が、水平線に引っかかるようにして、かろうじて二星だけ見えた。初めて親元を離れ、戦争の最前線にやって来た少年にとって、日本で見慣れた星座は、たとえその〝尻尾〟だけでも、心のなぐさめとなったのだろう。

トラック島には、日本のあちこちから流れてきた海千山千の工員たちもいれば、梅澤氏のような、学校を出たばかりの若く純情な軍属たちもいた。

軍属とひと口にいっても、その職種は多種多様である。梅澤氏が合格した一等記録員は、事務官の見習いのようなもので、第四海軍施設部の本部に勤務していた。しかし当時トラック島にいたすべての軍人、軍属、工員と同様に、戦争末期には、イモを作るなどして食料を確保することが仕事となった。

少年といっていい年齢だった梅澤氏もまた、多くの死者を見送っている。ほとんどが栄養失調だった。

「もうこれ以上痩《や》せられないというくらい痩せると、今度は下腹が異常にふくれあがり、脚がむくんできます。膝《ひざ》から下が象の脚のようになり、足の甲が盛り上がって歩けなくなる。それでも工員は這《は》って作業に出ようとするんです。休むように言うんですが、班の仲間同士で、作業に出る者と出ない者の食事に差をつけていたらしく、そんな身体になっても、決して休もうとしませんでした」

むくみが胸まできたらもう駄目だといわれていた。死期が迫った病人には、戦闘糧食の中から米を取り出して炊き、鱒缶《ますかん》を開けて食べさせた。軍紀違反だが、万一のときは職員全員で責任をとろうと決めてのことだった。

たくさんの死者を埋葬した。初めのころは服を着たままの遺体を毛布にくるんで埋めていたが、補給が途絶えて衣類や毛布が貴重品になると、裸にして埋葬せざるをえなくなった。

墓地は丘の上にある。板に載せて運ぶのだが、担ぐ自分たちも栄養失調でふらついており、四〇キロを切るほど痩せた死者の遺体が、六人がかりでも持ち上がらないことがあったという。

やっとのことで坂道を登って墓地に着く。今度は墓穴を掘らなければならない。

「大して広くない墓地はもう満杯になっていて、掘り下げていくと、前に埋葬した遺体が出てくるんです。本当は一メートルほど掘るんですが、やむを得ず五〇センチほどで中止して、前の遺体と井桁《いげた》になるような恰好《かっこう》で、裸のまま毛布から転がすようにして埋葬しました」

土をかぶせただけでは身体の一部が露出してしまうので、土を盛り上げるようにして全体を覆う。日を追って盛り土の数が増えていった。

「痩せて汚れた頬にひと筋、白い涙の跡がくっきりと残っている遺体がありましてね。いまも忘れることができません」

朝、仏壇に水をあげるとき、梅澤氏はかならず埋葬した人たちのことを思う時間を持つという。

「われわれが思い出すときだけ、かれらは内地に帰ってこられる――そんな気がするんです。もうあの人たちのことを知っている人間も少なくなりました。生きている限り、わたしが覚えていてやらなくては」

丸刈り、髭面の海軍主計大尉

若い軍属だった梅澤氏の目に、当時の金子氏はどのように映っていたのだろうか。

梅澤氏は金子氏の部下だったわけではない。同じ施設部でも、梅澤氏は施設科、金子氏は主計科で、勤務する建物も違っていた。本格的な交流は戦後になってからだというが、梅澤氏がいまも忘れられない金子氏の姿がある。

「昭和一九年の四月三〇日と五月一日の二日間、トラック島は激しい空襲に見舞われました。そのとき、第三種軍装*の上からさらしを巻いて、そこに軍刀を差して走り回っている士官がいたんです。海軍将校がそんな恰好をしているのを見たのは、あとにも先にもあのときしかありません。それが金子大尉（注・金子氏は中尉として着任し、その後、大尉に昇進している）でした」

施設部隊はほとんどが工員や軍属で軍人の数は少なく、空襲の際には将校はさまざまな指示を出すために走り回らなければならない。

「そのときに、腰の軍刀がガチャついて邪魔なんです。だから将校は皆、片手で軍刀を押さえながら走る。金子大尉はそれが鬱陶《うっとう》しかったんでしょう」

さらしに差せば軍刀は固定され、身軽に動けるというわけだ。だがその姿を想像すると、兵児《へこ》帯に棒切れを差したチャンバラごっこの子供のようで、どう考えても恰好がよくない。しかし、必死であるがゆえに、なんともいえず珍妙な金子氏の姿を見たとき、梅澤氏は、

＊第三種軍装（だいさんしゅぐんそう）
「軍装」とは正式に制定された軍人の服装、軍服のこと。海軍と陸軍では異なり、それぞれ平時と非常時では違う。日本帝国海軍の第三種軍装は、軍装の中でももっとも略装で、基本的には前線や紛争地などで着用した。

あっけにとられながらも、親しみと尊敬の念が湧いてきたという。

「この人は、お高くとまっている将校連中とは違う。こういう人にならついていきたいと、そう思いました」

復員後、梅澤氏は、学生班のメンバーたちと「南十字星（サザンクロス）の会」を作り、長年、幹事役を務めてきた。梅澤氏のもとにトラック島関連の資料が多数保存されているのは、そのためである。その中に、施設部の海軍軍人の集合写真があった。

「これが金子大尉ですよ」

梅澤氏が指さしたのは、顔の下半分が濃い髭《ひげ》に覆われた青年だった。丸刈りの頭に丸めがね。海軍軍人のスマートさとはほど遠い、無骨な風貌《ふうぼう》だ。これまでたくさんの軍人の写真を見てきたが、鼻の下に髭をたくわえた軍人はいても、ここまで立派な髭面は初めてである。

「こんな髭、許されたんでしょうか？」

「どうなんでしょう。たしかに、他にはいませんでしたがね」

異彩を放っていた金子氏の髭について書き残している人がいる。師範学校卒業後、現役兵として富山聯隊《れんたい》に入隊、北支*を経てトラック島に着任した木水育男《きみずいくお》氏である。

ある日、陸軍の宿舎を、海軍士官が訪ねてきた。当時二五歳の金子氏である。これからは自分たちも陸戦をやらなければいけない可能性があるので、参考になる本を貸してほしい、というのが用向きだった。このときたまたま応対したのが木水氏である。

ぼくはその日、昨日の日記を書くために作業に出るのが遅れた。一人の海軍士官、襟章を見ると経理部士官大尉である。鼻下からあごにかけてみごとな髭をたくわえている。この時分、髭を伸ばすことはご法度である。化学兵器、つまり毒ガス攻撃を受けたとき、髭のために防毒マスクが役に立たない。

（木水育男『トラック島戦記』より）

防毒マスクは顔に隙間なくぴったり着けなくては意味がない。頬髭や顎髭《あごひげ》は、命取りになる危険があるのだ。

それでも金子氏は、髭を剃《そ》らなかった。荒くれ男たちに見くびられないためかと私は思ったが、木水氏は次のように書いている。

＊北支（ほくし）

「北支那」方面、つまり中国北部のことで、満洲方面を指すことが多い。

死を前にしてなお、自らを守ろうとするダンディズムは、誰もケチを付けられない説得力を持っていた。　（前掲書）

トラック島で催された句会

戦後は美術教師となった木水氏は、このとき金子氏と同じ二五歳。型破りな海軍士官との出会いは、強い印象を残したようだ。

「ここはいいとこですね。」と入ってきて、「俳句をやるんですか。」と机上の日記をチラッと見た。「私は隣の海軍施設部の金子大尉です。」と、どかっと座った。

あまりにも抜け抜けとしゃべり、大胆にふるまう海軍大尉の率直な態度にぼくは驚いた。そして、しゃべるたびに動く髭面が面白く、特権意識の目立つ海軍将校にもこんな士官がいたのかと好奇の目で彼を迎えた。　（前掲書）

金子氏は、月一回、海軍施設部で催していた句会に木水氏を誘う。木水氏は日記を付ける習慣があっただけで、俳句をやったことはなかったが、金子氏に興味を持ったことから参加したという。

そのとき、木水氏が初めて接した金子氏の句は次のようなものだった。

葬列、白いのは犬

季語もなく、五・七・五の定型でもないが、眼前にくっきりと情景が浮かぶこの句によって、木水氏は俳句の面白さを知ったという。

金子氏によればこの句会は、上官だった矢野武主計中佐が、金子氏が俳句を作っていることを人づてに聞いて、隊のみんなにも俳句をやらせたらどうかと勧めたものだった。金子氏が俳句を始めたのは旧制高校時代で、その後、加藤楸邨《かとうしゅうそん》氏に師事。トラック島にいるときに、楸邨氏が主宰する『寒雷』の同人に昇格している。

この矢野中佐は、ペンネームを西村皎三《こうぞう》といい、海軍詩人として知られた人物だった。

戦況は悪化し、生きて帰れるかどうかもわからない状況の中、句会は始まった。毎回、会の前にはイモ飯のライスカレーがふるまわれた。

金子氏の当時の句に、

空襲　よくとがった鉛筆が一本

という句がある。これも破調であり、感覚的な句である。突き放したような冷静さの奥に、なにか切実なものがひそんでいる気配がある。

金子氏は、機会があるごとに陸軍の軍人にも句会に来ないかと声をかけ、何人かが参加することになる。

「いつも仲の悪い陸軍と海軍が、句会のときだけは仲がいいんだ。ま、ライスカレーのおかげだったかもしれないがね」（金子氏）

木水氏も陸軍からの越境組である。氏はすでに故人だが、手記によれば、当時、どうしようもない虚《むな》しさの中にいたという。

それまで戦ってきた中国戦線と違い、トラック島には青年を酔わせる戦場の高揚感はなかった。ひたすら陣地構築のために岩を掘る日々。過酷な作業だが、敵が上陸するかどうかはわからない。すべてが無駄になるかもしれないのだ。

一方的に空襲されるだけで敵の姿は見えず、島から脱出することもできない。太平洋戦争末期の島嶼《とうしょ》守備につきまとった虚しさである。死はつねにすぐそこにあるが、それは餓死か、あるいは人間ではなく飛行機という機械に殺される死である。

そんな中、〈死の寸前で従容として俳句を作り、廻《まわ》りの人にすすめる金子氏の姿に強い衝撃を受け〉（木水氏の手記より）て、木水氏は句会に参加したのだった。

南の果ての前線で詠まれた句

しばらくすると木水氏の所属する隊の連隊長がこの句会のことを知り、金子氏に指導を仰いで、陸軍でも句会を開くようになる。昭和一九年一〇月のことである。参加者にはライスカレーではなく、菓子とタバコ二本が渡された。

すでにサイパンは陥落していた。〈食うか食われるかの戦場で、俳句にうつつを抜かす連隊長をそしる声も聞いた〉（木水氏の手記より）というが、連隊長はこの句会を、敗戦をへて引き揚げのときまで続けている。

詩人でも俳人でもないこの連隊長——柴野為亥知《ためいち》という名の大佐だった——が、極限状況に近い中で句会をやめなかったのはなぜか。菓子とタバコで釣ってまで、部下を集めようとしたのはなぜか。

それはたとえば、木水氏が指摘した金子氏の髭の意味に似たものだったのかもしれない。無駄なものを全部削《そ》ぎ落とし、意味だけを追い求めれば、生きるエネルギーも同時に削がれてしまうことがある。

木水氏は、当時感じていた虚しさの理由を、敵の見えない島嶼守備では、自分のやっていることの意味を問う時間がつきまとい、何もかも無意味なことのように思えてきたからだと述べている。連隊長は、それまでの戦場の経験から、句会のような、何の役にも立たず、役割から自由でいられる時間を部下に持たせることが必要だと考えたのかもしれない。この連隊長は、昭和二〇年三月、句会で詠まれた句を集めて『芽たばこ』という句集を編み、参加者らに配布している。いったいどんな句が詠まれていたのか知りたいと思っていたら、金子氏から借り受けた、陸軍軍医による戦記『トラック島の終焉《しゅうえん》』(藤記義一・著)に、その一部が収録されていた。この戦記の著者も、句会に参加していたのである。

病室の　梁《はり》に動かず　黒蜥蜴《くろとかげ》　(河合中尉)

月光に底白々と　交通壕　(舌野大尉)

廃壕の朽ち椰子《やし》に漏る　露の音　(黒田中尉)

螻蛄《けら》の啼《な》く夜は　濡《ぬ》れし毛布のかたくなさ　（藤記中尉）

許されぬ兵を見つめる蜥蜴の子　（木水中尉）

戦地の風物を詠んでいながら、勇壮な印象の句はまったくと言っていいほどなく、ほとんどすべての句に、静かで寂しげな気配が漂っている。南の果ての前線に、寂寥《せきりょう》、不安、郷愁といった心情を言葉にすることが許される場があったことを、私は意外に思った。連隊長の柴野大佐もまた、勇壮さからも戦意高揚からも遠い、こんな句を詠んでいる。

往き暮れて彷徨《さまよ》ふ径《みち》や　レモン匂ふ

前線の指揮官が〈往き暮れて彷徨ふ〉とうたっている。島の日常では決して口にせず、もしかすると心に浮かぶこともない言葉ではなかったか。それが、句にしたときに初めて意識の表面に立ちあらわれてきたとすれば、俳句とは不思議なものだ。

この句集には〝客人作句〟として、金子氏の句も一句、収録されている。

任地の希望は「南方第一線」

梅澤氏は、旧制中学校時代、いずれは戦場に行く運命なら、一日でも早く国の役に立ちたいと思っていたという。体力的な問題で軍関係の学校に進むことをあきらめ、学校の掲示板に張り出された海軍軍属募集の告知を見て、一も二もなく志願を決めた。進学を望んでいた両親を説き伏せてのことだった。

応募書類を提出したのは、昭和一八年の秋である。この年の五月には、アリューシャン列島の小島、アッツ島*の日本軍守備隊玉砕が発表された。玉砕とはつまり全滅である。士気が削がれたのではないかと現代の私たちは考えるが、当時の日本国民はそうではなかった。梅澤氏は手記に、このニュースが〈『アッツ島に続け！』とばかりに我々中学生の血潮を沸き立たせずにはおかなかった〉と記している。

一方、金子氏と同年生まれの木水氏は、師範学校を卒業し、数か月間教鞭《きょうべん》を執った後、富山聯隊*に現役入隊している。父親に「あばさけたこと（無茶をして死に急ぐようなこと）をするな。勲章ももらわんでもいいぞ。絶対死ぬな」と言われて出征。北支、南洋と転戦する中で、小隊長として率いた部下を死なせないことに心を砕いたという。

では、当時の金子氏は、どんな思いでトラック島にやってきたのだろうか。氏はこう語った。

――わたしは経済学をやっている学生だったから、まずこの戦争は、日本とアメリカの帝国主義戦争であり、それはとうてい肯定できないと思っていた。

＊アッツ島（あっつとう）
アラスカからアリューシャン列島に向けてのびるニア諸島の最西端に位置する島。面積８１４平方キロメートル。１９４２年６月のミッドウエー海戦の時、日本軍はアッツ島を占領し、守備隊をおいたが、１９４３年５月12日より米軍が上陸開始。17日間におよぶ戦闘の末、日本軍は玉砕した。なお、玉砕という言葉が使われたのはこの戦いが最初である。日本軍の死者は２６３８名。生存者はわずか27名だった。

＊現役入隊（げんえきにゅうたい）
戦前は、満20歳の男子は徴兵検査を受ける義務があり、検査を受けた者はその体格、健康状態などにより、上から甲乙丙丁戊の5種類にランク付けされた。この合格者のうち、即日入隊することを「現役入隊」と呼んだ。太平洋戦争以前は、甲種合格者でも全員が現役入隊とはならず、抽選で入隊する人間を選んでいたが、戦争末期になると兵員不足から丙種合格者までが入隊することとなった。

しかし一方で、資本主義体制のもとでは、市場を求めてほかの国へ出て行き、利害がぶつかりあって戦争が起こるのは避けられないことだとも思っていた。

この戦争は間違っているが、戦争反対なんてうっかり口に出してつかまったら大変なことになる——そんな臆病《おくびょう》な気持ちがあったのも否定できない。だいいち自分が育った山国秩父の人たちは、戦争によって自分たちは貧しさから脱出できると信じていた。幼青年期、それを痛感させられていたのだ。

それなら日本は勝たなくてはならないと考えるようになっていた。負ければ日本人は貧困から救われない。それどころか、民族が滅亡してしまうかもしれない。

日清戦争のあと、ドイツ皇帝ウィルヘルム二世が、黄色人種がいずれ白色人種を圧倒してしまうのではないかという危惧《きぐ》を述べた。いわゆる黄禍《おうか》論で、それが西欧諸国にひろがっていた。

わたしは、白人はさんざんアジア人を蔑視《べっし》して、自分たちの利益のために勝手に入り込んできて、たとえばアヘン*戦争などでとんでもない惨禍をもたらしておきながら、何が黄禍論かと怒りを感じていた。大本営が「米・英・蘭との決戦避けがたし」と決定したとき、わたしの頭には、この黄禍論があった。だから「大東亜共栄圏*」という言葉が出たときに、どこかで諾《うべな》う心情さえあったんだ。

そんなふうに否定と肯定が混ざり合って、でもやっぱり若かったから、ひとつやってやろうという気分があった。理論的にはこの戦争はよくないと思いながらも、いざ戦争が始まると、血湧き肉躍るものがたしかにあったと思う。

正直に白状するけれども、戦争というものをやってみたいという気持ちさえも、どこかにあったんだな。海軍経理学校で、卒業後の任地の希望を「南方第一線」と書いて出したときにもね。最前線のトラック島に送られると決まったとき、どこか嬉《うれ》しかった。戦争がどういうものか、死がどういうものか、わかっちゃいなかったんだ。

＊アヘン戦争（あへんせんそう）
1840年6月から1842年8月の間、清とイギリスとの間で戦われた戦争で、イギリスによる中国へのアヘンの密輸出をめぐって戦いが行われた。当時の欧米列強によるアジアへの帝国主義的進出の典型ともいえる戦争で、この敗戦により清の国際的地位は大きく下落した。

＊大東亜共栄圏（だいとうあきょうえいけん）
19世紀から強まってきた欧米列強のアジア諸国に対する植民地支配に対抗するため、日本を中心とする満洲、中国、東南アジア諸国が共同体となり、アジア諸国を解放し新しい国際秩序を打ち立てようという考えを日本が提唱した。この共同体を「大東亜共栄圏」と呼び、太平洋戦争中のスローガンとなった。根本には、日本の天皇の下で万民は平等であるという「八紘一宇」の思想がある。

そうして島で金子氏が直面したのが、さきに語られたような現実だった。はなばなしい戦闘はなく、国のために戦っているという実感もない。あるのは、逃げ場のない南島での、飢えとの戦いだった。

部下が次々に死んでいく衝撃と、自責の念。その一方で、主計科の将校である金子氏は、日々、あと何人死ねば、ほかの者に食料が行き渡るようになるかという計算をせねばならなかった。

そして敗戦。まもなく米軍が進駐してきて、金子氏らは戦後捕虜*となる。一年三か月にわたって兵舎の建設や道路整備などの作業に従事させられた。

米軍には若い兵士が多かった。かれらの屈託のない明るさに、金子氏は打ちのめされたという。

米兵たちのまぶしい若さ

――朝、海岸に若い米兵たちがやってくる。浜に棒がずらっと並んで立ててあってね。われわれの腰くらいの高さの木の棒だ。何だろうと思っていたら、棒の頭にめいめい男根をのっけて、海に向かって一斉に小便をするんだ。傍若無人な荒くれ男たちだったが、そういう無邪気な、ふざけたところがあった。

あるときは、男根に包帯をぐるぐる巻きにした米兵たちが、何人もベッドに並んで寝ているのを見た。あれはいったい何をしているのかと軍医に聞いたら、軍隊で包茎手術をするとタダだから、みんなやってもらうんだという。とんでもなくおかしな光景だったが、米兵たちは気にする様子もなく、陽気にしゃべりあってる。

ああいうやつらとおれたちは戦ったのかと思ったね。やつらには腕時計や寄せ書きのある日の丸をぶんどられて嫌な思いもしたが、あの弾んだ感じは、なんというか、まぶしかった。

そういうかれらを見ていると、骨と皮になって死んでいった部下たちの姿がよみがえってくる。あの死に方はやっぱり、あんまり気の毒じゃなかったかと思えてくるんだ。戦後捕虜としてトラック島で過ごした一年と三か月の間、一番こたえたのはそれだった。あの

＊捕虜（ほりょ）
交戦相手国に捕えられてその管理下に置かれた軍人や軍属のこと。太平洋戦争中の日本人捕虜は約3万5000人といわれ、その数は他国と比べ極端に少ない。その理由は「生きて虜囚の辱めを受けず」として捕虜となることを禁じた「戦陣訓」によるところが大きいとされる。

若者たちを見なければ、死者のことが、これほど自分にこびりついて離れないということはなかったかもしれない。

終戦後のトラック島にやってきたのは、太平洋の島嶼戦を戦った海兵隊員たちだった。海兵隊の役割は、陸海空の三軍に先がけて敵前上陸を敢行することである。もともとは海軍の付属部隊で、気質も荒く、三軍よりも一段下に見られていた。しかし、サイパン、ペリリュー島、硫黄島《いおうとう》、沖縄などで、危険を冒して上陸作戦を成功させたことによって、一気に存在感を増した。トラック島には、海兵隊のほかに施設部隊も駐留したが、金子氏によればいずれも若く、一八、九歳くらいが多かったという。

——それまでフィリピンにいたという海兵隊員たちが、わたしたちの部隊に「女はいないか」とやってきたことがある。この島に女はいないというと、じゃあ男でもいいという。そうすると、手を挙げるやつが何人かいるんだよ。食い物をもらえたり、いろいろあるから。そういうやつが特に蔑《さげす》まれたりはしなかったと思う。わたしもショックを受けたり軽蔑したりはしなかった。そうだな、人間ってのは何でもありなんだと、そういう生《なま》な姿を見せてもらったな。

男色は、日本人の工員たちの間では、敗戦後、ぐっと減った。たぶん、食い物が良くなったからだろう。そのかわりバクチはひどくなった。戦時中はイモだったが、今度は米軍から配給されるタバコを賭けてやるんだ。当時、配給のタバコには、ラッキーストライクとキャメル、それにフィリップモリスがあったが、賭けるのはもっぱらラッキーストライクだ。パッケージの絵が日の丸に似てるところがいいっていうんだ。

かれらにそんなに愛国心があったのかって？　いや、そうじゃなくて、なんというか、単なる思い込みなんだな。日本人なら日の丸だ、それ以外は駄目だ、と。わたしの部下の工員には、ヤクザくずれの人が多かったからね。そういう世界の人には、独特の融通の利かなさがある。そのぶん、人がいいんだが。

キャメルは「こんなラクダなんか、隊長にやるよ」って、みんながくれるから、わたしは一日に一〇〇本くらいタバコを吸ってた。フィリップモリスも「なんだ、こんなウンコみたいな色」と言って、かれらは吸おうとしなかったね。

漂泊の果ての死

金子氏がトラック島について話し始めると、いつのまにか、そこでともに過ごした人の話になっていた。生きている人の話と死んでしまった人の話が、両方、ごちゃまぜになって出てくる。話の途中で私はときどき、ところでその人は生きているんですか死んでいるんですか、と質問することになった。

こいつは生きてるよ。ああそいつは死んじまった。面白い奴だったな……そんなふうにして金子氏は、たくさんの人の話をしてくれた。

――桜井という男がいてね。工員には徴用*と応募とがあったんだが、この人は応募して採用された工員だった。もとは能登《のと》の方の、かなり大きな神社の神官だったらしい。そんな人が前線の島の工員に応募してくるのは、なにか訳があったんだろう。お猿さんそっくりの顔をした小柄な男だったが、無頼というか漂泊というか、そんな雰囲気を漂わせていた。

自称・京大哲学科卒で、どこか他人を小馬鹿にしたようなところがあった。将校にも対等の口をきいていたな。句会でも、そこそこの句を作って「どうだ!」と言わんばかりの顔をしていた。

そんな男が、島でなくてはならない存在になったのは、死者が増えていったからだ。誰かが死ぬと、その部隊に呼ばれて、葬儀を取り仕切る。ちゃんと神主の恰好をしてね。酒の好きな男で、葬式のあとにふるまわれる酒をしこたま飲んで酔っぱらい、大ボラをふいて、それなりに人気者だった。歳は、いつも兄貴面をしていたから、四〇くらいじゃなかったかと思う。戦争が終わると、要領のいい奴だから、早い時期に内地に帰っていった。

復員*して二年ほど経った夏、わたしが結婚して住んでいた浦和の家に、ひょっこり訪ねてきた。金魚鉢をかかえていて、やあ久しぶりと言って、玄関に置いた。その夜は、当時まだ乏しかった酒をふるまった。この男の顔を見たら、やっぱり酒を出さないではいられないんだ。彼は当然のように飲みつくし、泊まっていった。

次にあらわれたのは、翌年の桜のころだ。こんどは土産はなしだった。また酒を飲んで、政治や世のインテリや神社の悪口を言って寝た。翌朝、起きてみたら、もう姿がない。布団に失禁のあとがあった。

*徴用（ちょうよう）
もともとは、非常時に国家が国民を強制的に動員して一定の仕事につかせたり、強制的に物品を取り立て使用することをいう。本文では、1938（昭和13）年の国家総動員法、翌年の国民徴用令により、軍務以外の業務につかされたことをいう。
*復員（ふくいん）
戦時に召集された兵士を、平時体制に戻し帰省させること。「動員」の反対語。

その年の冬、秋田の田舎の、霜のおりた田んぼの畦道《あぜみち》で死んでいるのが見つかった。まさに野垂れ死にだな。秋田のそのあたりには、千葉玄吉という名の、やはりトラックで一緒だった男がいたんだ。前の年、その千葉のところにも桜井は訪ねてきたらしい。もう一回、千葉の家に行くつもりで、その途中だったんじゃないかと思う。

日本に戻っても、行き場がなくて——故郷に妻子があるようだったが、おそらく帰れない事情があったんだろう——トラック時代の仲間を頼って放浪していたようだ。

彼が最後に訪ねていこうとしていた千葉という男は、戦争末期にわたしの下にいた約二〇〇人の工員たちの、三班に分かれたうちの一班の隊長だった。身体が横に広がった感じに大きくて、ちょっと鈍い感じで、この男が横にいると、なんとなく河馬《かば》と一緒にいるような感じがした。いま思えば、才が余っていた桜井とは対照的だな。その対照的な男のところに行こうとして、行き倒れになった。トラックでは死ななかったのに。

海軍詩人、サイパンに死す

——そう、島で生きのびたのは、目端の利く桜井みたいな男と、千葉のような、どっしりして動かない、耐久力のある男が多かった。その千葉も、もう死んでしまったな。

会えてよかったなあと思えるような、清潔な人間にも出会った。

　句会を一緒にやった、西澤實という男がいてね。わたしより二つ年上で、陸軍の戦車隊長だった。撃沈されて戦車が全部沈んでしまって、トラック島にいたんだ。戦後は放送劇作家としてNHKの番組などで活躍し、放送文化賞なども受けた優秀な男で、句会では選者もやってもらった。当時から文学性の高い男で、詩や文章を書いていた。最初に会ったとき「おれは詩人なんだけど、いまはイモを作ってる」と、笑っていたな。

　彼は陸軍、わたしは海軍で、ほんらいは仲が悪いはずなんだが、なぜかウマがあった。陸軍の連中を連れて毎回かならず句会に来てくれて、句誌も一緒に作った。戦後五十何年か経って話をしたときに、彼が「なんでおれが、仲の悪い海軍の句会に喜んで行っていたかわかるか」と聞く。「俳句を作りたかったからだろう」と言うと、「それもあるが、ライスカレーがうまかったからだ」と言っていた。海軍の句会では、イモ飯のライスカレーを出していたからね。

　詩人と言えば、句会を開くことを勧めたわたしの上官、矢野武主計中佐。彼は西村皎三というペンネームの海軍詩人だった。空襲で壕に入っているようなとき、分厚い手帖《てちょう》によく詩を書いていたよ。インコみたいな顔をした人だったんだが、ラバウルからインコをつれてきて、ほんとうに飼っていた。

西村皎三、つまり矢野主計中佐は、たとえばこんな詩を作っていた。

夕明りの頃

ある日久しぶりに湯上りの軀《からだ》をすかしてみるとコレラ・赤痢・ペスト・チブス・マラリヤ・痘瘡《とうそう》等々の注射菌が早やもう様々の花々となつて目もはるな花壇がパラフィンいろの雲かげにうつすらと擴《ひろ》がつてゐました。

眼をつむると粉つぽい瞼《まぶた》の裏にはもう何萬という蝶々《ちょうちょう》が赤・白・黒・黄・青の生温かい翅《はね》をそろへて今にも飛び出すばかりの姿勢になつてゐます。

デュラルミン・人間・ステイール・コンクリート・亜鉛……どれもこれも皆その輪廓《りんかく》が白い炎にぼやけて聲《こえ》のない叫びを張りあげ張りあげ互ひにもみ合ひからみ合つてゐた一日が過ぎ青竹藪《やぶ》の青インキが夕明りにとけ込んでゆくほんのひとときでしたが。……

（西村皎三詩集『遺書』より）

戦場の経験と風景から生まれたんでしょう、非常に感覚的で鋭い詩です。軍人の詩というものを読んだことのある人はあまり多くないんじゃないかと思うけれども、こういう詩を読むと、みなちょっと驚くんじゃないか。

矢野中佐は、米軍がサイパンに上陸する寸前、内地への転勤命令が出て、サイパン経由で帰国することになった。サイパンに着いて飛行機から降りたとたん、米軍による飛行場への爆撃に巻き込まれてしまった。その後の消息はわからないけれども、死んでしまったことは確実だろうと思う。

死者を背負って走る

――わたしの目の前で死んだ男もいる。

*手榴弾《しゅりゅうだん》の実験のときだった。補給線が断たれて武器が足りず、トラック島では手榴弾が手作りされることとなった。実験は誰がやるかというと、そういう危ないことは、軍人ではなくて軍属にやらせろということになる。で、われわれの第四海軍施設部にお鉢が回って

きた。

実験者が手榴弾を、かたわらの鉄のかたまりに軽くぶつけて、海に放り投げる。そこで爆発すれば成功だが、鉄のかたまりにぶつけたところで爆発してしまった。その瞬間、実験者の男は宙に浮き、どすんと落ちた。わたしは責任者として、後ろの*戦車壕の土手の上で見ていた。駆け寄ると、右腕が吹き飛んでなくなっていて、背中の肉が、ちょうど運河を掘ったように白くえぐれていた。即死です。

そのとき、身体の大きな男が走ってきて、死んだ男の遺骸《いがい》を背負って走り出した。海軍病院に運ぼうとしたんだ。われわれはそのまわりを囲んで一緒に走った。全部で一〇人くらいだったか、ワッショイ、ワッショイと大きな声をかけながら。

何で走ったのかはわからない。すでに死んでいるんだから、走っても意味はない。でも走ったんだな、死者とともに。

死んだ直後は流れていなかった血が、病院に着いたらどっと流れ出していて、わたしたちみんなに血がついた。あの血の匂いはしばらく忘れられなかった。半月くらい、魚を食べようとすると、あのときの匂いがよみがえって、ぐっとなる。死者の匂い、なんだな。

島と島の間を行き来するポンポン船に一緒に乗っているとき、グラマンの戦闘機に銃撃されて死んだ男もいた。五人くらいしか乗っていない小さな船で、わたしと彼の距離は一メートルくらいしかなかった。海に落ちた死体を引き上げたら、死後硬直なのか、かちかちにかたくなっていた。

話を聞いているうちに、死者も生者も、それほど変わりがないのかもしれないという気がしてくる。金子氏は、全員のフルネームと出身地を憶《おぼ》えていた。映画を見るように、トラック島でのその人の姿を描写してみせた。

生死にかかわらず、どの人も金子氏の中にいる。生きていた時間をともに過ごした死者は、死んでしまったあとの時間を飛び越えて、しゃべっている金子氏のもとにやってくる。金子氏と向かい合って話を聞く私も、ひととき、その人たちに出会う。金子氏の描写が、あまりにも鮮やかだったせいか、そんな感じがした。

＊手榴弾（しゅりゅうだん）

金属製の球体や筒の中に爆薬などを詰めた小型の爆弾で、兵士がみずから点火し、敵に向かって投てきする。ほとんどの歩兵が銃とともに携行する基本的装備のひとつ。

＊戦車壕（せんしゃごう）

敵の戦車の進撃を妨害するために地面に掘った穴。または味方戦車をカムフラージュするために砲塔だけを出して隠すための土盛り。

死者に見送られて島を去る

金子氏が復員したのは、昭和二一年一一月のことである。年配の者、妻子ある者を先に帰し、最終の復員船で帰国した。金子氏と同じトラック島第四海軍施設部の軍属だった梅澤博氏は、「偉い将校はみんなさっさと帰ってしまったけれど、金子大尉は違った。わたしたち若い者のことを、こいつらを見捨ててはおけないと思ってくれたんでしょう」と話した。二度目の取材のとき、金子氏にそれを伝えると、「いやいや、そんな立派なもんじゃないよ」と笑った。

「わたしは若くて元気だったし、独身で気楽な身だったから。それにトラック島というところが好きだったこともある。褌《ふんどし》一丁で暮らせる南島は、わたしの性分に合っていたんだ。あとは、なんだかんだ言っても、青春の島だからね、トラックは。悲惨なことがあったところではあるけれど、わたしにとっては大事な場所で、離れがたかった。負けたあとの島がどうなるのか、見届けておきたい好奇心もあったし」

日本から迎えにきた駆逐艦が島を離れるとき、甲板の上から、米軍の爆撃で岩肌がむきだしになったトロモン山が見えた。そのふもとには、戦没者の墓碑がある。

このとき金子氏は、こんな句を作っている。

水脈《みお》の果《はて》炎天の墓碑を置きて去る

みずからが「人生の転機といえる二つの句のうちの一つ」と言う句である。甲板の上で金子氏は、墓碑に見られているように思ったという。死者が最後の一瞬まで自分たちを見送ろうとしている、と。

金子氏はその後、一度もトラック島を訪れていない。これからも行くつもりはないという。

「墓参に行ったかつての仲間が、トラック島はもう昔のトラック島じゃないよ、というんです。緑が濃くなって、いかにも南の島という感じだと。わたしはね、そんなトラック島は見たくない。平和になったのは結構なことだけれども、わたしの青春のトラック島は、はげちょろけのトロモン山があって、爆弾でそこいらじゅう穴ぼこだらけで、何よりも、たくさんの死者が地べたの底に眠っているトラック島なんだ。あのころのトラック島を、わたしの心の中にだけは、とっておきたいんですよ」

聞きながら、私は梅澤氏の言葉を思い出していた。氏は、墓参のために島を何度か訪れている。遺骨収集もおこなったが、遺骨を掘り出して日本に持って帰ることがほんとうにいいことなのか、疑問に感じたという。

「かつて埋葬した地面を掘り返すと、椰子の木の根が、遺骨にからみついているんです。椰子は死者の血を吸って生長し、かれらはこの島の木や土になってしまった。それを目の当たりにすると、そっとしておいてやりたいという気持ちになります。骨には根が複雑にからんでいますから、全部は掘り出せない。そうすると、頭蓋骨《ずがい》や大腿骨《だいたい》などの大きな骨だけを掘り出すことになります。残りはそのまま土の中で、掘り出した骨は、焼いて灰にして日本に持って帰る。ひとつの身体をばらばらにしてしまうわけで、それはなんとも忍びないものがありましてね。だからわたしは、少なくともあの島に関しては、遺骨収集には反対なんです」

これまで元兵士や遺族の話をたくさん聞いてきたが、遺骨収集には反対だと断言する人は初めてだった。私自身、硫黄島で、地下におびただしい骨が埋まったままの地面を踏んで歩いた経験——そのとき、死者に対する申し訳なさのような感情が湧いた——から、可能な限り遺骨収集はやるべきだと考えてきた。しかし、みずからの手で死者を埋葬し、その骨と数十年後に対面した人の言葉からは、私が思い至らなかった切実さが感じられた。

島を訪れ、かつての仲間の冥福《めいふく》を祈る梅澤氏と、二度と島を見たくないという金子氏。

両者は正反対のようでいて、実は深いところで共通しているように思う。

それは、島と、そこで死んだ者たちが、わかちがたく結びついているという感覚である。そこで死んだ人々ゆえに、二人にとってトラック島はただの島ではなく、特別な場所であり続けているのだ。

死者がもたらした人生の転機

金子氏は、戦後の自分の人生を「残生《ざんせい》」と呼ぶ。意味を訊くと、

「たくさんの死者を見送って、しかしわたしは死ななかった。それ以後の人生は自分にとって、残りの命という感じがあるんだが、しかし余生というのとは少し違うんだな」

という答えが返ってきた。

「余生というと、なんとはなしにあきらめのニュアンスがある。しかしわたしはもっと前向きに、アクティブに生きたかったし、そうしてきたつもりです。死者に報いる、ということを、わたしだけでなく、生き残った者はみな考えたと思う。死んだ者にはやりたくてもできなかったことをやらなくては、と。トラック島を離れるとき、戦争のない平和な世の中にする、そのために何かしようとわたしは思ったんだ」

　戦後、日本銀行に復職した金子氏は、組合活動に身を投じる。日銀従業員組合の代表委員となったのだ。東大の経済学部卒だった氏は、学閥の末端につらなる身だったが、率先して組合を組織し熱心に活動を行ったことで、出世の道は完全に閉ざされた。

　なぜ組合活動だったのか。

「当時、勤め人にとっての反戦平和といえば、さしあたり組合活動のことだったんです」

　へえ、そうなのかと思ったが、世代が違う私には、いまひとつピンと来なかった。しかし別のときに金子氏が話したことを聞いて、なるほどと思った。トラック島で部下だった、はぐれ者だが面白い男たちの破天荒なエピソードを語っているときだった。

「……そういう人たちと別れ、戦地から戻って日銀に復職したら、なんだか妙にシャクにさわってむかむかしてきたんだな。わが身が大事のエリートが威張りくさって、トラックでわたしが一緒に働いたような、学歴のない人たちが、ここでもやっぱり下っ端として馬鹿にされて理不尽な目にあっている。こりゃあなんだ、戦争は終わったのに、何にも変わっていないじゃないか、と」

「わたしはトラック島で部下だった工員たちに救われていた部分がずいぶんあった。そんなかれらが価値のないものとして否定されて、軍人より先に死んでいかなきゃいけないのが戦争だった。同じことが、まさにわが職場で行われているとわたしの目には映った。こりゃあ黙って見過ごしちゃいかん、と思ったんだな。大げさに聞こえるかもしれないが、それはわたしなりの、死者への責任でもあったんだ」

金子氏らが掲げたスローガンは、生活給の確保、身分制廃止、学閥人事の廃止だった。復職当時、日銀の組合はいわゆる御用組合だったが、経営側と対等に渡り合える組合を目指し、仲間たちとともに新しい事務局を立ち上げた。

初代事務局長となった金子氏は、ビラ配りに団交と、熱心に活動を行う。行く末を気遣う先輩から「何もおまえがそんなことをやらなくても」「正論だけじゃ世の中は動かない」と忠告された。学閥からはにらまれ、妻までが社宅で露骨な嫌がらせを受けた。

三年後の昭和二五年、朝鮮戦争の勃発《ぼっぱつ》によるレッドパージ*を名目に、日銀は組合の切り崩しにかかる。人事部が日付を書き込めば即クビになる事実上の退職願を書かされ、地方に飛ばされた。以後、一〇年間の支店暮らし。定年のときは、証券局主査という肩書きで「金庫の番人みたいなこと」（金子氏）をやっていた。まがりなりにも東大の経済学部を出

*レッドパージ
1950年に、GHQが日本共産党員やその同調者と思われる者を職場から追放したこと。背景には、米ソの軋轢や中華人民共和国の成立、および日本国内での労働運動、民主運動の高まりがあった。失職した者は1万人以上といわれ、公職についている者だけでなく、民間企業の社員も追放された。

て、ここまで出世しなかった人もめずらしかったようだ。

一方で、俳句には力を注いだ。

三〇代の半ばにさしかかるころ、神戸支店の勤務になった。当時の関西は*前衛俳句の拠点である。多くの仲間ができ、初めての句集も出した。

このころ、金子氏はこんな句を作っている。

朝はじまる海へ突込む鷗の死

ある朝、神戸港にたたずんでいたら、一羽の鷗が急降下して海に突っ込み、次の瞬間、ぱっと魚をくわえて飛び上がった。そのときの情景を詠んだ句だ。

「トラック島でわたしは、零戦が米軍機の攻撃を受けて海に落ちるのを見たことがある。鷗の姿が、それと重なったんだ。その瞬間、わたしは一度死んで出直すんだと思った。死んで生きる――それは、社会的な出世や栄達を捨てて、俳句に生きるということです」

死と始まりが同居し、白い鷗に零戦搭乗員の姿が重なるこの句を、金子氏は「人生の転機といえる二つの句のうちの一つ」だという。もう一つの転機の句は、前に紹介したトラック島を去るときの句「水脈の果炎天の墓碑を置きて去る」である。

どちらの句にも、トラック島の死者がいる。死者とともに、俳人・金子兜太は出発したのである。

＊前衛俳句（ぜんえいはいく）

五七五の定型や季語といったルールにとらわれない、社会性や抽象性を取り入れた俳句。金子兜太氏の「造型俳句論」を理論的支柱とし、昭和30年代からさかんになった。

脚にすがってくる兵隊を
燃えさかる船底に蹴り落としました。
わたしは人を殺したんです。一八歳でした。
——大塚初重

上海転勤命令を受けた日の一枚

大塚初重（おおつか・はつしげ）
一九二六（大正一五）年生まれ。東京都出身。考古学者。四五年に輸送船が撃沈され漂流、九死に一生を得る。復員後は働きながら明治大学の夜間部に学び、同大学院文学研究史学専攻博士課程修了。日本考古学界の第一人者として、登呂《とろ》遺跡をはじめ、多くの発掘を手がける。

金子氏の次に、私が話を聞きに行ったのは、考古学者の大塚初重氏である。登呂遺跡や綿貫観音山古墳《わたぬきかんのんやま》をはじめ、数多くの発掘を手がけ、日本考古学協会会長もつとめた考古学界の第一人者だ。

大塚氏も兵士として死なず、生きのびて何者かになった人だ。海軍一等兵曹として乗り組んでいた輸送船が二度撃沈*され、二度とも九死に一生を得た。戦後、働きながら大学に通い、考古学を学んだ。

「二度も死にかけて、人の犠牲のうえにあるこの命ですからね。がむしゃらにやらなきゃ気がすまない心境でした」

そんな言葉を、作家・五木寛之氏との対談集『弱き者の生き方』（毎日新聞社）の中に見つけた。

この人の戦後の人生にも、死者の存在がある。「人の犠牲のうえにあるこの命」とは比喩《ひゆ》ではない。船が沈没したとき、脚にすがってくる兵隊を、燃えさかる船底に蹴落《けお》として助かったという。

大塚氏は『弱き者の生き方』の中で〈ほんとうは死んでもおかしくなかったのに、生かしてもらったっていう思いがね、やっぱり根底にありますよ〉〈犠牲になった命に報いるためにも、（中略）覚悟を決めて生きてきました〉と語っている。

戦争という避けようのない運命を生きのびた後、若い大塚氏には、自分の意志で選び取ることのできる人生が待っていた。死者に報いようとする生き方とは、どんなものだったのだろうか。

大塚氏が自身の壮絶な体験をはじめて公の場で語ったのは、平成一七年の夏、NHK『ラジオ深夜便』の中でのことだった。それまでは、発掘の打ち上げのときなどに学生に話したことがある程度だったという。

平成二〇年の初め、話を聞きたいと大塚氏に手紙を書くと、折り返し、すぐに電話があった。わたしでよければお話しします、と氏は言った。恥ずかしい話もしなければいけませんが、わたしもいつまでも生きるわけじゃありませんから、と。

一七歳で海軍省へ

千葉県成田市にある大塚氏の自宅を訪ねたのは、関東地方に雪が降った日だった。

駅からの道路が渋滞し、約束の時間より遅れた。住宅地の角で、私と写真家が乗ったタクシーを見つけて、手を振る女性がいた。夫人が迎えに出てくれていたのである。寒さの中、かなり長いこと待っていたにちがいない。案内された客間で、うっすら雪をかぶった庭を見ながら、あたたかいお茶をいただいた。

向かい合った大塚氏は、長年発掘の現場に立ちつづけてきたせいだろうか、学者然としたところがなく、ジャンパー姿が似合いそうな軽快な人だった。

長時間にわたって、あの戦争で一八歳の大塚氏が何を見聞きし、どんな体験をしたのかを話してもらった。こちらが絶句するような出来事を話すときも、氏の言葉と声はおだやかで、ゆったりとしていた。それはおそらく、戦争を知らない世代に属するインタビュアーと写真家への気づかいであったと思う。

――わたしは大正一五年、東京の生まれです。昭和一八年一二月に旧制中学を繰り上げ卒業し、海軍省を受験しました。一七歳のときです。

＊撃沈（げきちん）
艦船を砲撃や爆撃、魚雷などで破壊、沈没させること。

わたしの学校は商業学校で、そういう実業学校の生徒は早く卒業させて戦争に行かせるという方針だったようです。普通中学の生徒は翌年三月の卒業でした。

ほんとうは大学に行きたかったのです。しかし当時、クラスで大学を受験する者は非国民扱い。お国のために戦場に行ってこそ日本男児だ、という空気がありました。二〇歳になって兵隊に行くまでは、軍属として働こうということで、海軍省を受けたんです。合格して、海軍水路部の気象観測班に配属されました。

気象情報というのは、大事な軍事情報です。わたしは地球物理学などの勉強をさせられて、作戦用の天気図を描く仕事につきました。世界中から暗号で入ってくる気温や湿度、気圧などの情報を解読して、地図に描き込んでいくんです。

そのうちに、気象術予備練習生という制度ができました。せっかく海軍で気象の専門知識を教え込んでも、二〇歳になって徴兵検査を受けると陸軍にとられて、陸軍の気象観測要員になってしまう。それで、六か月間新兵教育を受ければ、五階級いっぺんに上げて一等兵曹にしてやるという制度を作ったんですね。

ほとんど強制的にそれを受けさせられて——わたし自身、二〇歳で応召*して陸軍で苦労するより、こっちのほうがうまい話だという気持ちもありました——第二期海軍気象術予備練習生になり、横須賀《よこすか》海兵団に入団しました。昭和一九年一〇月のことです。

軍人としての訓練を、ここで受けました。海軍には「軍人精神注入棒」という樫《かし》でできた堅い棒があって、それでお尻《しり》を叩《たた》かれる。二、三発も叩かれると、もう脚が上がりません。これで毎日、殴られました。

朝起きたら、靴がない。誰かがわたしの靴を持っていってしまっているんです。軍隊では、あらゆるものが天皇陛下から賜ったものですから、なくすことなど絶対に許されない。なくしてしまった奴は、他人のを失敬します。とられた奴はまた別の者のを盗む。いわゆる〝員数《いんずう》あわせ〟です。すると誰かが最後に割を食う。それがわたしだったわけです。

昭和二〇年の元旦に、食堂で雑煮が出ました。食卓当番だったわたしが班長に「配食終わりました」と報告に行って席に戻ったら、雑煮の餅《もち》がない。誰かに盗まれたんです。わたしは都会育ちで要領が悪かったのか、よくそういう目にあいました。

軍隊というのは、わたしのようなヤワな人間に根性を入れる場所だったんでしょうが、意地が悪いところでもありました。

＊応召（おうしょう）
広義では呼出に応じること。狭義では召集に応じて軍務につくことをいう。

毛布が汚れている奴は消毒するから出せ、と言われて、わたしはいいやと思って出さないでいると、殴られる。で、上官が毛布に白墨で魚の絵を描いて、この魚に水を飲ませろ、と言うんです。魚の絵に水をかけるんですが、毛布の繊維はなかなか吸い込まない。すると、おまえの飲ませ方が悪いからだ、と言ってまた殴られる。とにかく耐えに耐えた半年間でした。

東京大空襲を目の当たりに

大塚氏は東京・板橋の生まれである。幼い頃に父親を亡くし、浅草蔵前の大塚家に養子に入った。

大塚家は「植木家」という屋号で貸席業を営んでいた。展示会や見本市、会合などの会場を貸す商売で、大きな品評会があると三〇〇人からの人が集まってきたという。大塚家にもらわれて一、二年した頃、養父が病気で死去。その後、養母に育てられた。

都会っ子であることは、軍隊ではマイナスだった。地方出身で苦労してきた者が多く、虎屋《とらや》の羊羹《ようかん》を食べたことがある、銀座のネオンを見たことがあるというだけで目の敵にされ、殴られた。

こんなこともあった。海軍ではハンモックで寝るが、夜、横になると、股《また》のあたりがかゆい。皮膚病にでもかかったのか。だとしたら治さないと大変だ。大塚氏は、班長に申告に行った。

「第一班長！　大塚参りました。夜寝ると、股がかゆいのであります」

「どれどれ、ズボンを脱いでみろ。褌《ふんどし》とれ」と班長。

「あー、シラミシラミ、シラミだよ」

褌の縫い目に、びっしりと白い小さなものがついている。当時の日本ではシラミはめずらしくなかった。特に軍隊にシラミはつきものである。しかし、都会育ちの大塚少年は、生まれてはじめてシラミを見たのだった。

昭和二〇年三月五日、一八歳の大塚氏は、海軍一等兵曹となった。

勤務地は、海軍気象部のあった神田・駿河台《するがだい》。当時、板橋の下赤塚《しもあかつか》にあった自宅から通勤することになった。下士官*の軍服を着ての初出勤は三月六日。そのわずか四日後、東京

＊下士官（かしかん）
軍隊の階級で、士官の下、兵の上の位を指す。大日本帝国陸軍では曹長、軍曹、伍長、海軍では上等兵曹、一等兵曹、二等兵曹が下士官に当たる。

は未曾有《みぞう》の惨事におそわれる。東京大空襲である。

三月一〇日午前零時すぎ、〝超空の要塞《ようさい》〟B29爆撃機の編隊が東京上空に飛来。一六六五トンの焼夷弾《しょういだん》が投下され、折からの強風にあおられて燃え広がった炎は下町一帯を焼き尽くした。

使用されたM69焼夷弾は、屋根を貫通し着弾してから爆発し、高温の油脂が飛び散って周囲を火の海にするよう設計されていた。日本の木造家屋を焼き払うために、米軍が実験を重ねて開発したものだ。

まず先発部隊が目標区域の輪郭に沿って投下して炎の壁を作った。住民が逃げられないようにするためだ。その後、内側をくまなく爆撃した。いわゆる絨毯《じゅうたん》爆撃である。

爆撃された地域は、江東区《こうとう》、墨田区《すみだ》、台東区《たいとう》にまたがる約四〇キロ平米。そこで起こったのは、単なる火事ではない。高温の油脂が燃えるのだから、水を使って消火するのは不可能である。

炎は恐るべき速さで地を這《は》い、空高く舞い上がった。コンクリートの建物も安全ではなかった。建物は残ったが、中に避難した人たちの多くは亡くなった。窓を割って爆風のような勢いで流れ込んでくる火に焼かれ、あるいは炎に酸素を奪われて窒息死したのである。

犠牲者は約八万四〇〇〇人といわれ、一〇万人との推定もある。負傷者は約四万人、罹*《り》

災《さい》者は一〇〇万人を超えた。

この東京大空襲が、軍人となった大塚氏がはじめて目の当たりにした「戦争」だった。

――わたしは板橋の自宅にいて無事でしたが、下町が燃えている火で、飛んでいるB29の胴体がきらきら光っているのが見えました。

翌日の一一日、なんとか出勤して、気象部の計器類などを入れる倉庫といいますか、防《ぼう》空壕《くうごう》みたいなものをつくる手伝いをしていたんです。いま、お茶の水に明治大学のリバティタワーがありますが、その広場のあたりです。

駿河台から向島《むこうじま》、それからずうっと千葉の方まで見渡せました。全部焼け野原です。お茶の水あたりは、今も昔も病院がたくさんあるところです。作業をしていると、ものすごくたくさんの人たちが、こっちに向かって歩いてくる。焼けただれ、煤《すす》だらけになった人たちが、駿河台下や湯島の方向から、どんどん上がってくるんです。

日本橋の方からも浅草橋の方からもやってきます。それが見えるんです。まるで津波の

＊罹災者（りさいしゃ）
地震や大火などの災難、災害にあった人。被災者。

ようでした。

焼けたトタンに穴を開けて縄をゆわえ、布団やヤカンなどを積んで、ガラガラ引きずりながら坂を上がってくる。その中に、晴れ着を着た女の子を逆さまにおぶっている父親がいました。

ぎょっとして見ると、その子は死んでいて、硬直した脚が、父親の肩の上に突き出している。足には白足袋《しろたび》を履かせてありました。父親はおそらく、少し気がおかしくなっていたんでしょう。

昭和二〇年三月、上海へ

——命令されて、兵隊さんを三人ほど連れて、深川の富岡八幡宮《とみおかはちまんぐう》のあたりに、焼け死んだ人たちの死体の片づけに行きました。真っ黒焦げの死体が累々と折り重なっていて、それを大八車で運ぶ作業を一〇日間くらいやりました。

道路脇の側溝に頭を突っ込んで焼け死んでいる死体が沢山ありました。ドジョウ鍋《なべ》のドジョウが、お豆腐の中に頭を突っ込んでいるような、あんな状態です。ちょっと動かすと、頭がゴロッと転がり落ちる。もう、地獄です。

わたしは思いました。もはや戦争は、戦地で鉄砲を撃つことじゃなくなっている。内地の、東京の、今ここで戦争が行われているんだ、と。

あのときの東京は、笑う人なんてひとりもいなかった。顔を上げている人もいなかった。だれもが口を真一文字に引いて、下を向いていました。その現実を見て、これは日本は危ねえぞ、勝ち目はないかもしれねえぞ、と思いましたね。


それからまもなく、大塚氏は上海第二気象隊への転勤命令を受ける。命令が出た翌日には出発である。三一名の仲間と一緒だった。どこへ行くのか家族に告げたら命はないと言われたという。

当時、出征する将兵は、家族に行き先を告げることを禁じられていた。出征先から手紙を書くことが許されても、居場所を記すことは厳禁されていたし、書く内容もきびしく検閲された。

私はこれまで、戦争の取材をする中で、戦地からの手紙を見る機会がたびたびあったが、その中に、暗号のようにしてメッセージを織り込んでいるものがあった。たとえば、行頭の文字だけを順に読むと地名になるもの。傍点を付された文字を拾っていくとメッセージになっているもの……。なんとかして家族に消息を伝えようという工夫である。

大塚氏も、「拝啓ではじまって敬具で終わっていたら無事という意味」などと、家族と取り決めをしてから出征したという。

養母との別れを惜しみ、東京を出発したのは、昭和二〇年三月二六日。佐世保《させぼ》港から船に乗るために、東京駅で九州方面に向かう急行列車に乗り込もうとしたら、「兵隊！　降りろ！」と怒鳴られ、引きずりおろされた。ボロをまとい、煤《すす》だらけになった罹災者たちだった。

「おれたちは、もう六時間も七時間もここで列車を待ってるんだ。それを、今やってきたばっかりで、すぐ乗ろうだなんて、どういうつもりだ」

それまでは、軍人といえば何事も最優先で「兵隊さん、兵隊さん」といって感謝され、尊重された。しかし、すでに状況は一変していた。

罹災者たちと話し合って、何とか乗車することができたが、そのときに「死にに行く軍人だか何だか知らんが、おれたちだって命がけなんだ。もう東京だって銃後*じゃないんだ」と言われた。

東京大空襲の惨状をその目で見ていた大塚氏は、ショックを受けながらも、その通りなんだ、もう日本はそういう状態まで来ているんだと思ったという。それでも、日本のために戦いに行くんだ、国のために命を捨てるんだ、という思いを失うことはなかった。

やっと到着した佐世保では、乗る船がなく、しばらく待たされた。当時、日本の船は次々と沈められていたのである。上海のさまざまな軍事施設では、交代要員が足りずに困っていた。ようやく乗ることができたのは、寿山丸《じゅさん》という、乗組員一〇〇人ほどの海軍徴用船だった。

大塚氏ら三二名のほかにも、呉《くれ》や横須賀などの海軍工廠《こうしょう》*から上海へ行く技術者や、軍属の技術者など、五〇〇人ほどが乗り込んだ。陸軍関係者もいたと思われる。まとまった部隊が乗り込んだ船ではなく、雑多な人々が寄り集まった輸送船だった。

三月三一日に佐世保を出航し、門司《もじ》で魚雷*を積んだ。航空魚雷が三六本、前部船倉に積み込まれるのを大塚氏は見たという。米軍が、東シナ海から中国大陸に上陸した場合に備えるためのものだった。

＊銃後（じゅうご）
戦場の前線に対し、直接の戦場ではない後方のことをいう。あるいは直接戦闘には加わってはいないが、何らかの形で間接的に戦争に協力している一般国民のこと。

＊海軍工廠（かいぐんこうしょう）
「工廠」とは、武器や弾薬、軍需品を製造する軍直属の工場、およびそれらを貯蔵・保管する施設のこと。本書に出てくる呉や横須賀の海軍工廠の歴史は古く、1903（明治36）年11月に開廠された。

門司を出航した寿山丸には護衛艦がついた。船が足りず、寿山丸がやられたらもうあとがない。海防艦第三一号、および三宅《みやけ》、能美《のうみ》の三隻である。韓国の巨文島《コムンド》、済州島《チェジュド》経由で、寿山丸は上海へ向かった。

「わたしは人を殺したんです」

——わたしたちは船の後部の船倉に乗っていました。船底に板を敷き、その上にゴザを敷いて、たくさんの人が寝ています。そのまわりには中二階のようになった板の間——ちょうどカイコ棚のような感じです——があって、そこにゴザを敷いて寝ていました。暑くて汗がだらだら流れ、シャツとズボン下だけの恰好《かっこう》でした。

四月一三日の夜、寿山丸は、済州島の三キロほど沖合にある飛揚島《ピャンド》という島の陰に停泊していました。三隻の護衛艦も、寿山丸を囲むようにして、近くにいました。

夜中の二時か三時頃、キーンキーンという金属音が聞こえました。直後、ドーンという大きな音がして、気がつくと三メートルくらい吹っ飛ばされていました。船の前部に魚雷が命中したんです。

その前に聞こえたキーンキーンという音は、あとでわかったんですが、寿山丸を両側で護衛していた二隻、海防艦第三一号と能美がやられる音でした。それぞれ百数十人の乗組員がいたはずですが、二隻とも撃沈されました。

最初のうち、船火事だ、消せといって必死で毛布で消火していたんですが、そのうちに門司で積み込んだ三六本の航空魚雷のところに敵の魚雷が命中してしまった。次々に誘爆を起こして艦橋*から前は吹き飛びました。どんどん沈んでいき、船の前部が海に突っ込んで逆立ちしたかたちになって、スクリューが海面上に突き出た状態になりました。

甲板に固定してあったトラックと上陸用舟艇《しゅうてい》が滑り落ちてきて、船底にいた人たちはみな、その下敷きになりました。わたしたちは中二階にいたので助かったんですが、下を見ると船底が轟音《ごうおん》をあげて燃えている。甲板に上がろうと思ったんですが、二つあった階段は両方とも吹き飛んでしまっていました。

＊魚雷（ぎょらい）
正式名称は「魚形水雷（ぎょけいすいらい）」。水中を進み、艦船などにぶつかって爆発、破壊する兵器。おもに潜水艦や水雷艇から発射したり、航空機から水中に投下して、敵の艦船や潜水艦を攻撃した。
＊艦橋（かんきょう）
艦長などが指揮を執る軍艦の甲板上の指揮所で、軍艦中央部の高い位置にある。戦艦「大和」の艦橋は、いちばん上の部分が艦底から51メートルの高さにあった。ブリッジともいう。

もう駄目だと思ったとき、ズタズタに切れたクレーンのワイヤーロープが何本もぶら下がっているのに気づきました。指くらいの太さです。思わず、そのうちの一本に飛びつきました。

　うまくつかまることができて、反動をつけて甲板のへりにしがみつこうとしました。すると、わたしの脚に、他の誰かがすがりついてきたんです。

　二人だったか、三人だったか。その重さで、ずるずると下に落ちていきそうになります。そのまま落ちれば、下は燃えさかる船底です。

　わたしはどうしたか。

　しがみついてくる者を、蹴り落とし、振りほどきました。必死でした。芥川龍之介に『蜘蛛《くも》の糸』という小説がありますが、まさにあれと同じです。

　下の方から、ピーピーという笛の音が聞こえてくる。海軍の下士官は、職務上の指示をするための笛を持っています。その音です。断末魔の声のようでした。

　誰だかわからない兵隊を蹴り落としたわたしは、反動をつけて甲板によじのぼりました。そこにも、爆発の鉄片が飛んでくる。「逃げろ！　逃げろ！」という声が聞こえて、後部甲板から、海に飛び込みました。

　わたしが蹴り落とした兵隊は、おそらく死んだはずです。そう、わたしは人を殺したんです。

聞いている私は、質問をさしはさむことも、相槌《あいづち》を打つこともできなかった。大塚氏の言葉はあくまでも静かで、こちらに説明するというより、自分自身に言い聞かせるような口調だった。

今考えればほんとうに情けない話です、と氏は言った。何も考える余裕はなかった。ただ生きたい、死にたくない、それだけでした、と。

よじのぼった甲板で、大塚氏は何人かの戦友を助けている。命がけの行為である。理性を働かせる余裕のあるときは、人は、理性に従って行動することができる。しかし、とっさの場合には、生きる方へと反射的に身体が動く。それは仕方のないことだろう。しかし、自分が助かるために他人を蹴り落としたという思いは、大塚氏の中から消えることはなかった。

燃える船から海へ脱出

燃えさかる船の甲板から、大塚氏は海に飛び込んだ。

そのとき、横須賀海兵団時代に、関西出身の下士官に言われたことを思い出したという。

「貴様ら、もし船がやられたら、そのときは泳いだらあかんで。船が沈むときは、酒樽《さかだる》とか醤油樽《しょうゆだる》とか、いろんなものが浮くから、それにつかまれ。つかまって、早く船から離れるんや」

すぐそばに二、三メートルの板が流れてきた。甲板に使われていたものと思われる、厚い板である。近くにいた兵隊と二人、その板につかまった。

——泳いだ者は、ほとんど死にました。

水平線の上に、地上の灯《あか》りが見えるんです。済州島の灯りです。泳ぎに自信のある者は、あそこまでなら泳げると思ってしまうんですね。しかし、途中で力尽きてしまう。わたしは、泳ぐなと教えてくれたあの下士官のおかげで助かったんだと思います。

一緒に板につかまった兵隊と、なるべく船から離れようとしながら振り返ると、寿山丸が、燃えながら沈んでいくところでした。ああ、きれいだな、と思いました。子供のころ、『少年倶楽部《くらぶ》』などの雑誌に、よく海戦の絵が載っていたんですが、それと同じ光景でした。

真夜中の海に浸《つ》かっていると、四月とはいえ、ものすごく寒い。身体が震えて歯がカチカチ鳴りました。

漂流しながら、いろいろなものを見ました。

一〇人くらいが四斗樽*につかまって流れてきました。そんな数の人間がつかまるには四斗樽は小さくて、みんな片手でつかまっている状態です。そこに若い兵隊が「お願いしまーす」と言いながら泳いできた。疲れ切っているのがわかりました。

するとと将校らしき人が「だめだ、いっぱいいっぱいだ」と怒鳴るんです。若い兵隊は素直に「ハイ」と言って、そのままブクブクと沈んでいきました。ああ、軍隊っていうのはこういうところなんだとわたしは思いました。そんな極限の状況でも、上官の言うことは絶対なんです。

こんなこともありました。向こうの方からオーイオーイと言いながら、年配の兵隊が漂流してきました。そして「若いの、これやるよ」と、胴巻きから羊羹を出して、わたしたちにくれたんです。

その兵隊はおそらく、船が沈む前に倉庫から食料を持ち出したんでしょう。前にも遭難

＊四斗樽（しとだる）
酒や醤油が4斗入る樽。1斗は10升（約18リットル）。

したことがあって、慣れていたというか、要領がわかっていたのかもしれません。米屋《よねや》の羊羹でした。同じ板につかまっていた若い兵隊と二人、それをかじったとき、勇気みたいなものが湧いてきました。これは助かるかもしれない、と。

わたしは子供のころ、あまり身体が強くなくてね。二月、三月になると決まって熱を出すし、この子は長生きしないんじゃないかと言われていた。それで身体を鍛えないといかんということになって、小学校五年生のとき、当時、月島にあった東京水泳倶楽部というところに泳ぎを習いに行ったんです。夏休みの間、雨の日も風の日も毎日通って、まったく勉強しなかったから、新学期になったら成績が落ちて、先生に呼び出されましたよ。

そのかわり、身体はすっかり丈夫になった。水泳も得意になって、四キロの遠泳もできるようになりました。

だから漂流しているとき、ずっと自分に言い聞かせていたんです。「大丈夫、俺は海には強い。俺は絶対に死なない」ってね。

何時間くらい漂流したのか、済州島の漁民たちが船を出して、浮かんでいる兵隊たちを救助しているのが見えた。懸命に波を叩いて合図をしたが、気づいてもらえない。叫ぼうとしたが、疲労のためか、声が出なかった。

だんだん意識が薄くなっていく。気がついたら済州島の浜にいた。そばで火が燃えていて、その暖かさで意識を取り戻した。火の方へ近づこうと身体を転がしたら、「日本の兵隊さん、元気出しなさい、がんばりなさい！」と、頰や尻を叩かれた。済州島に住む朝鮮人で、年配の男の人と、一七歳くらいの少年だった。

二人は大塚氏を両側から抱えるようにして、家に連れて行ってくれた。海岸に立つ一軒家だった。家の中には、チマチョゴリを着た白髪のおばあさんがいて、「アイゴー」といいながら、背中をさすってくれたという。

こうして、大塚氏は助かったのである。

死者に鞭打つ

――そのおばあさんが、キビのおかゆを柄の長いスプーンで食べさせてくれました。竈《かまど》に火をおこして、まん丸い形をした芋をふかしたのも食べさせてくれた。皮をむいて、口に入れてくれてね。うれしかったなあ。ああ、おふくろだと思いました。

家には若い娘さんが、真っ白い布団に寝ていたんです。その人を起こして、わたしにそこへ寝ろと言うんですね。申し訳なかったけれども、寝かせてもらいました。

翌朝、陸軍の憲兵隊がトラックで「日本の兵隊はいるかー！」とやって来ました。前夜遭難した者たちを収容に来たんですね。

家の人にお礼を言って出て行こうとしたら、真っ白い布団に、人の形に真っ黒いしみができている。ぎょっとしました。わたしの身体についていた重油のせいなんです。船が沈没すると、あたりの海は重油だらけになります。自分では気づかなかったけれど、わたしの身体は全身、油でドロドロだったんです。

わたしが助けられた浜は、翰林邑《ハルリムプ》の狭才里《ヒョプチエリ》という、今はきれいな海水浴場になっているところです。世話になった朝鮮人の一家は、日本名をミヤモトさんといいました。ミヤモト・ヨシカさんです。

戦後、済州島を訪ねて探したんですが、見つかりませんでした。どうしてもお礼を言いたくて、二度、済州島に行きましたが、消息はわからなかった。

朝鮮の人たちは、日本人、特に軍人には複雑な感情があったはずだと思います。当時は日本の植民地だったんですから。創氏改名*で日本の名前を名乗らされ、日本語を喋《しゃべ》らされて。わたしを助けてくれた二人——父子だったと思います——は、日本語でわたしに話しかけていました。

それでも、あんなふうにして助けてくれて、油まみれのわたしを、きれいな布団に寝かせてくれた。決して裕福そうな家ではなかったのに。

同じ海軍気象部の三二名の仲間のうち、生き残ったのは、大塚氏を入れて一二名。寿山丸で両隣にいた二人は死んでいた。

海岸にたくさんの死体が打ち上げられていると聞いて見に行った。一緒に上海に行くために船に乗り込んだ、気象部の年配の兵曹の死体があった。

「わたしたち生き残った者は、そのとき何をしたと思いますか。……死人を殴ったんです、青竹で。この野郎、この野郎と言いながら」

撃沈された日の前夜、済州島の沖に停泊していた寿山丸に、漁民たちがナマコを売りにきた。それを買って肥後守《ひごのかみ》（小型のナイフ）で切り分け、大塚氏らは甲板で酒盛りをしたという。まもなく上海に着き、任務が始まる。大戦争のさなかであり、皆、どうなるかわからない身である。これが今生の別れとなるかもしれないという思いがあった。

そこへ年配の兵曹がやってきた。彼は若い兵士たちの酒盛りに怒り、「貴様ら、甲板で

＊創氏改名（そうしかいめい）
大日本帝国統治下の朝鮮において実施された政策で、朝鮮人に日本式の「氏」を義務として創らせた。

酒なんか飲みやがって!」と、全員を整列させて殴った。年齢は違うが、階級は同じ兵曹である。何で自分たちが殴られなければならないのか。内心ではみな反発していた。

「その恨みがあって、死人に鞭《むち》打つようなことをやってしまったわけです。〝俺たちにあんなことしやがって、だからお前は死んだんだよ!〟などと言いながら、仏さんの頭を殴りました。……普通の精神状態じゃありません。もうみんなね、気がおかしくなっていた。撃沈されてしばらくは、尋常ではなかったです」

寿山丸に乗っていたのは約六〇〇名。うち、生き残ったのはわずか一三〇名足らずである。

助かった大塚氏らは缶詰工場に収容され、しばらくそこで寝起きをしたが、夜中に誰かがトイレに立つたびに、ガラガラと戸を引く音で全員が目を覚ましたという。そして「ああ、大丈夫だ。ここは陸地だ。今日は沈まない」と自分に言い聞かせてまた眠る。死線をくぐった恐怖は、若い心と身体に刻み込まれていた。

「日本はもう駄目かもしれない」

缶詰工場に、地元の子供たちがやってくることがあった。あるとき、一人の子供が、兵隊さん、見て、というように、ポケットから折りたたんだ紙を取り出した。

朕惟《ちんおも》フニ我カ皇祖皇宗國ヲ肇《はじ》ムルコト宏遠《こうえん》ニ徳ヲ樹《た》ツルコト深厚ナリ……

半紙に筆で書かれていたのは、教育勅語*だった。当時の朝鮮では徹底した皇化教育が行われていた。小学生からもう、教育勅語を暗唱し、書き写すことをやっていたのである。大塚氏はそれを目の当たりにして、なんともいえない複雑な思いにかられたという。船が撃沈され、漂流しながら考えたことが、よみがえってきたのだ。

――暗い海を漂流しているときに、わたしが思ったのは、自分が今まで受けてきた教育は何だったのだろう、ということでした。

わたしたちは、神武《じんむ》天皇とか、天照大神《あまてらすおおみかみ》とかの神話で始まる日本の建国の歴史を習って

*教育勅語（きょういくちょくご）
正式名称は「教育ニ関スル勅語」。天皇制国家における国民の道徳の基準を示したもの。1980（明治23）年10月30日に発布され、全国の学校に配布された。1948（昭和23）年6月19日に廃止。

きました。小学校の教室の黒板の上には、一二四代にわたる天皇の名前を書いた紙が貼ってあった。授業が始まる前に起立して、先生と一緒に「神武・綏靖《すいぜい》・安寧《あんねい》……」と、声に出して暗唱するんです。

小学校三年生くらいで、みんなが一二四代すべての天皇を暗記していた。たぶん全国どこの小学校でもそうだったはずです。神話にもとづく日本の歴史を、旧制中学校を出るまでずっと教えられ、神国日本は不滅であると信じていました。批判力のない子供は、そう思っていた者が多かったのではないでしょうか。わたしもそうでした。日本は負けない、と信じていた。けれども、目の前の現実はどうでしょう。

十何人かがつかまった小さな四斗樽。大きな波が来ると樽がぐるっと回転する。波が去ると、人影はもう数人になっています。

仲間がどんどん死んでいくのを見て、わたしは、戦争とはこういうものかと思いました。そして、日本はもう危ない、駄目かもしれないと思ったんです。

東京大空襲で、大勢の民間人の無惨に焼けこげた死体を片づけたときからずっと心のどこかにあった思いが、東シナ海の暗くて冷たい海を漂いながら、どんどん強くなっていきました。

そのときわたしはこんなふうに考えたんです。もし生き延びて、ふたたび日本の土を踏めることがあったら——この後も人生というものがわたしにあるなら——もう一度、歴史を勉強しなおそうと。

日本は神国であるとか、神風が吹くとか、そういうことではなくて、もっと科学的な目で見た歴史を学びたいと思いました。そして、子供たちに、間違いのない正しい歴史を教える教師になりたい。これからの子供たちには、自分のような目にあわせないぞと決心したんです。

大塚氏が卒業したのは商業学校である。その後、海軍で学んだのは気象学だった。一八歳の海軍一等兵曹だったこの当時、考古学という学問が存在することさえ知らなかったという。

しかし、のちの考古学者・大塚初重を生んだのは、まさにこのときの経験だったに違いない。生死の関頭にあって、自分でもそうとは気づかないまま、大塚氏は考古学者への第一歩を踏み出したのである。

ふたたび撃沈、そして敗戦

しばらくして迎えの船がきて、出航地である門司に戻った。同じ船に乗っていた軍属たちはそれぞれ、横須賀や呉の海軍工廠に戻っていった。しかし大塚氏らは、門司に着いたその日の夜に「気象隊の諸君は、もう一度行ってもらう」と告げられる。翌日にはもう船に乗せられた。東京や大阪の空襲で焼け出され、*釜山《プサン》へ疎開する民間人を大勢乗せた客船だった。

門司を出航して四時間ほどたったころ、ドーンという大きな音がして、船体が傾くのがわかった。また撃沈である。すぐに*総員退避となり、ボートが下ろされた。

ボートには民間人を乗せ、大塚氏ら兵隊は、海の中に入ってボートのへりにつかまった。そのまま漂流すること数時間。海軍の船に救助され、門司へ戻った。このときは死者は出なかったという。

もう船はないから佐世保に行けと言われ、佐世保の海兵団でしばらく新兵教育を担当する。新兵といっても、応召してきた*第二国民兵で、三〇代から四〇代の人々である。戦争も末期になり、若く壮健な兵隊を集めることはできなくなっていた。

「さまざまな職業経験があり、故郷には妻子もいる年上の方たちを、一八歳のわたしたちが教育するんです。食事のときにご飯粒が落ちていると、〝貴様ら、お百姓さんがどれだけ苦労して米を作っているか知っているのか！〟なんて叱ったりして。今思えばとんでもないことですが、これは自分がかつて新兵のときに言われたのとまったく同じセリフ。ついそうなってしまうんですね」

五月になって、船が確保できたので博多《はかた》へ行けと命令された。日向《ひゅうが》丸という戦時標準船で、最初のときに撃沈されて沈んだ寿山丸とまったく同じ型と大きさである。

＊釜山（ぷさん）
韓国南東部にある韓国第二の都市。1910（明治43）年8月22日からの日本統治時代には、日本人居留地である「釜山府」が設置された。
＊総員退避（そういんたいひ）
船が撃沈されたり、建物が火災などにあった場合、その場にいる全員に持ち場を離れて逃げるよう指示する命令。
＊第二国民兵（だいにこくみんへい）
正規の軍隊教育を受けたことのない満十七歳から四十五歳までの者が服した兵役で、具体的には徴兵検査の丙種になった者が服した。

「博多港に積まれた大豆の袋に腰掛けて、仲間たちと〝こらあかん、またやられるわ〟とため息をつきました」

そこへ上官がやってきて「お前たちの命はおれがもらった。明日、出航だ。今夜一晩だけ、街へ出て遊んでこい」と言う。

柳町というところが繁華街だと聞き、市電の切符売りの女の子に行き方を聞いた。柳町に着くと、仲間たちと目についた食堂に入った。撃沈されたときにポケットに入れていた重油まみれの四〇〇円を差し出したら、別の座敷に案内され、食べたいものは何でも出してやると言われたという。大学卒の初任給が銀行員でも百円に満たない時代である。四〇〇円は全財産だった。

苺《いちご》ミルク、きんつば、お汁粉。ほんとうに何でも出てきた。

「あるところにはあるんだなあと思いました」

翌日、博多港から出港。最初から救命胴衣を着け、万一撃沈されたときの脱出ルートを研究して、ずっと甲板に上がる階段の下にいた。

今度は無事、釜山に到着。そこから軍用列車で、平壌《ピョンヤン》、天津《てんしん》、徐州《じょしゅう》、南京を通って上海へ向かった。列車の中では毎日、シラミ取りに明け暮れたという。

——上海第二気象隊の門をくぐったのは五月二七日の海軍記念日。上海では気象観測以外の仕事が多く、あるとき、飛行場での作業が割り当てられました。

行ってみたら、＊高射砲がずらっと並んでいて、ああ、大陸の日本軍はまだまだ大丈夫なのかと思いました。ところが近くに行くと、それらはみんな黒く塗った丸太なんです。愕《がく》然《ぜん》としました。

そうこうしているうちに、八月一五日がきた。天皇陛下の放送があるということで、褌から何から新品を身に着け、第二気象隊の営庭に全員が整列しました。玉音放送を聞いて、負けたということがわかったときは、悔しさもありましたが、これで助かった、おふくろに会える、というのが正直な気持ちでした。

そこからわたしの捕虜生活が始まります。五か月間ほど、上海の捕虜収容所で暮らしました。

＊高射砲（こうしゃほう）
航空機の攻撃に対応するため、地上から上空に向けて発射する火砲。

復員、考古学との出会い

――それまで自分たちが退避に使っていた防空壕を壊し、その土とコンクリートで池を埋める作業を割り当てられました。毎日モッコを担いだこのときの経験が、実は、戦後、考古学の発掘のときに役立つんです。

進駐してきた中国海軍の兵隊に気象学を教えることもやりました。食べ物には不自由しなかったので、戦争中よりも太ったくらいです。

収容所では、捕虜たちの演芸会がしばしば開かれました。それぞれの隊で何か出し物をやらなくてはいけなくて、われわれ第二気象隊でも、先輩たちが民謡やら何やらを練習して出演していました。

あるとき古参の下士官に、わたしたち若い下士官が呼び出され、「お前らは海軍に入ってたった一年や一年半のくせに一等兵曹とは何だ。そのくせ演芸のひとつもやらず、俺たちばかりにやらせるとは」と叱責《しっせき》されました。それから毎晩、殴られましてね。

わたしたちだって芸があればやりたいけれど、何もできることがない。そしたらわたしの部下で、四国の松山で大衆演劇の座長をやっていたという水兵長が、見るに見かねたんでしょう、「わたしが教えます」と言うんです。

まず、ドジョウすくいの特訓を受けました。それから漫才。〝上海ガーデンブリッジ〟というコンビを組んで、わたしがガーデンでツッコミ役、相方がブリッジでボケ役です。「大塚兵曹、そんなので人を笑わせることはできませんよ」と叱られながら、夜中の捕虜収容所で懸命に練習しました。これが実に大変でね。ほとんど泣きながらやりました。

一〇日ほど練習をして、二〇〇〇人くらいの捕虜の前に立ちました。こうした経験も、その後の自分に役に立っています。人の心を動かすのがどんなに大変であるかを、身にしみて学ぶことができました。

復員したのは昭和二一年の一月末だった。商工省*の特許標準局に職を得た大塚氏は、夜学で歴史を学ぶことのできる学校を探した。済州島の沖を漂流しながら決心したことを忘れていなかったのだ。

＊商工省（しょうこうしょう）
1925（大正14）年から1949（昭和24）年5月まであった中央官庁の一つで、通商産業省（現・経済産業省）の前身。

ほとんどの大学がすでに入試を終えていたが、明治大学の専門部がまだであることを新聞で知った。試験日は三月二五日。大勢集まった受験生のほとんどが兵隊服を着ていた。戦地から帰った兵士たちが、何とか勉強をしたいと集まっていたのだ。

歴史・地理学科に合格した大塚氏は、一年生で選択できる中に「考古学」という授業があるのを見つける。その一回目に出席してみると、教授が「わたしは今年、〝三種神器の考古学的検討〟をテーマに授業をやります」と言う。戦時中まではタブー中のタブーだったテーマである。この教授は、著名な考古学者である後藤守一《ごとうしゅいち》氏だった。

最初の授業を聞いて、大塚氏は「これだ！」と思ったという。考古学は、文献ではなくモノによって歴史を理解していく学問だ。モノは嘘をつかないから、事実をごまかすことはできない。正しい歴史を知りたいという自分の思いに応《こた》えてくれるのは、こうした学問なのではないか。

「俺の行く道はこれしかない、と思いました」

このときの感動は、いまも大塚氏の心から失われていない。

大塚氏が明治大学に入ってまもなく受けた、考古学者・後藤守一氏の講義「三種神器の考古学的検討」。大塚氏を感動させ、考古学への情熱をかきたてることになったこの講義は、神話にでてくる草薙剣《くさなぎのつるぎ》に関するものだった。草薙剣は、三種神器のひとつで、天叢《あめのむら》雲剣《くものつるぎ》ともいい、ヤマトタケルノミコトがヤマトヒメからいただいたといわれる剣である。

ヤマトタケルノミコトが東国に遠征した際、現在の静岡県の焼津《やいづ》の原で、賊に襲われて火をつけられた。そのとき、この草薙剣で草を払ったら、風が逆に吹いて火は相手側に行き、ヤマトタケルノミコトは賊を平らげることができた、という神話である。

この草薙剣は、名古屋の熱田《あつた》神宮に秘蔵されてきた。絶対に見てはならないというタブーを破り、江戸時代の末か明治時代の初めごろ、熱田神宮の神官たちが、剣が納められた入れ物の蓋《ふた》を開けた。

すると、剣は青黒く鈍く光っていたと記録にある。後藤教授は、学生たちに言ったという。

「諸君、考古学の発掘で古墳を掘ると、鉄の剣は錆《さび》だらけでボロボロになっている。青黒く光っていたということは、青銅の剣である可能性が高い。青銅、つまり銅に錫《すず》が入ったブロンズだ。もし青銅ならば、それは九州北部を中心とした地域から出土する、弥生《やよい》時代の青銅器ではあるまいか。だとすると、二〇〇〇年くらい前の北九州文化圏の青銅器が、宮中の祭祀《さいし》の道具となった可能性がある。これは日本古代史を考える上で、非常に重要なことではないか」

大塚氏が受けてきた教育は、神話をそのまま歴史とするものだった。しかし考古学は、モノを通して実証的に歴史を解明していく学問である。

大塚氏が後藤教授の講義に感動したのは、戦時中に痛感した「自分たちが受けてきた教育は何だったのか。これからは〝神国日本〟ではなく、事実にもとづいた歴史を学びたい」という思いに応える学問であったことに加え、少し前まではタブーだったことを堂々と学べるということに、戦後日本の自由と平和を実感したからだった。

弥生人に励まされて

——学問だけやっている余裕はありませんから、昼間は商工省の特許標準局というところに勤めて、明治大学の夜学に通っていました。夜学の授業料は安くて、年間六〇〇円でした。もっとも戦後の世の中はものすごいインフレで、授業料も途中で上がり、二万円台にまで跳ね上がって苦労しましたが。

夜学の授業が終わると、先生たちもいっしょに、大学の近所の屋台で串《くし》カツをほおばりながら焼酎《しょうちゅう》を飲んで、あれこれと古代史の話をするんです。

ああなんて自由なんだろうと、学問をするよろこびを心底感じました。生活は苦しいけれど、こうやって好きな勉強ができる。友人や先生と何でも語り合える。もう生命の危険もない。平和っていいなと実感しました。

そんなとき、ある日の授業で、後藤守一先生がおっしゃったんです。

「来年の夏、静岡県の登呂遺跡の発掘をする。希望する者がいれば連れて行くので申し出なさい。ただし、一週間や一〇日では駄目だよ。発掘は七月から九月までまるまる二か月間やるのだから、来るのなら一か月とか二か月とか、ロングランでやってくれないと困る」

絶対に行きたいと思いました。その日、家に帰ってすぐ、「どんなことでもしますので、ぜひ連れて行ってください」と後藤先生に手紙を書きました。

次の週の授業のとき、後藤先生が「諸君の中から、発掘に行きたいという手紙をもらった。やる気があるようだから、連れて行くよ」とおっしゃった。やった！　と喜びましたが、わたしは商工省に勤めていて、下っ端とはいえ役人です。一か月も二か月も休みはとれません。けれどもどうしても発掘に行きたい。何とかして休みがとれないかと思って、わたしが育った浅草蔵前の医院に相談に行ったんです。昔からよく知っているなじみのお医者さんです。

その先生が「よし、それなら神経衰弱だ」と（笑）。で、『大塚初重　強度の神経衰弱症により長期の転地療養を要す』という診断書を出してくれたんです。当時、神経衰弱というのはけっこうある病気だったんですね。

職場にそれを提出したら、課長が「きっと働き過ぎだよ。君はまじめだから」と同情してくれましてね。「人生は長いんだから、ゆっくり仕事したほうがいいですよ。どうぞ夏は一か月でも二か月でも転地してきなさい」と。同僚は、療養先に慰問袋を送るから住所を教えてくれと言ってくれる。まさか登呂遺跡に行くとは言えず、冷や汗をかきました。

それでも何とかごまかして、静岡に向けて出発しました。昭和二二年の夏のことです。当時は汽車の切符を買うのも一苦労でした。前の日に東京駅の八重洲《やえす》口に行って予約券をもらい、当日、それを乗車券に替えてもらう。汽車は大混雑ですが、こちらは憧《あこが》れの考古学の発掘に参加できるんだと、もううれしくてね。

しかも登呂遺跡です。二〇〇〇年前の農耕社会がどんなふうだったのかを、自分の手で掘ってあきらかにすることができるわけですから。

登呂遺跡は弥生時代後期の遺跡で、水田や住居跡のほか、井戸、高床倉庫などの遺構を含む。歴史の教科書には必ず載っている、日本の代表的な遺跡である。

太平洋戦争のさなか、軍需工場を建設する際にその存在が見つかり、戦後間もなく本格的に発掘が始まった。考古学だけではなく、地質学、人類学など幅広い分野の専門家がたずさわった、日本で初めての大規模な発掘調査である。その成果は大きく、世界的に見ても貴重な遺構が次々に見つかった。

政治や経済だけでなく、文化の面でも自信を失っていた敗戦直後の日本人にとって、登呂遺跡の発掘は、画期的な〝事件〟であった。

戦争に負け、焼け野原となった貧しい日本にも、情熱に燃えた学者や研究者がおり、脈々と学問が息づいていたことに国民は勇気づけられた。さらに、貴重な遺構が発掘されたというニュースが伝わるごとに、二〇〇〇年も前の日本人が成熟した稲作文化を持ち、それが現代にまで受け継がれていることを知って、歴史に対する誇りをよみがえらせることができたのだ。

学問の成果に世の中が沸き、普通の人たちに希望を与えた、そんな時代があったのである。現代からは想像もつかないほど、登呂遺跡の発掘は、当時の日本人にとって大きな出来事だった。その発掘に、考古学という学問に出会ってまだ二年目の大塚氏は参加することができたのだ。

――たとえば、二〇〇〇年前に地面に打ち込まれた杭《くい》が出てくるわけです。灌漑《かんがい》のための土木作業の跡です。

貧しさと混乱の中、明日はどうなるかわからない不安な時代を生きていた人々は、弥生時代の日本人もまた、一本の杭を打ち込むことから始めたんだと知り、自分たちもがんばらなければと思った。遺跡の規模からすれば、のちに発掘された吉野ヶ里《よしのがり》遺跡のほうが大きいのですが、国民に与えた感動ということからすると、やはり登呂遺跡は別格です。いまの人たちにはピンとこないかもしれませんが、全国から各分野の学者が集まってきて、ああした発掘調査ができたということ自体、日本が平和になったことの証《あかし》でした。決して大げさではなく、あの発掘調査は、生きていく力を日本人に与えたんです。

わが青春の登呂遺跡

――発掘が始まってしばらくしたある日、わたしが高床倉庫の跡を掘っていると、上の方から「おい、君は何という名前だね」と声をかける人がいます。

現在の発掘では、掘った土はキャリアカーなどで運びますが、当時は、穴のまわりにどんどん積み上げていました。だから穴の底と上の方では二メートル以上の差があるんですね。見上げると、小柄な人が立っている。三種神器の講義をしてわたしを感動させ、登呂遺跡に来るきっかけを作ってくださった後藤守一先生でした。

わたしはもちろん先生のお顔を知っていますが、先生にしてみれば、たくさんいる学生の一人だから、ご存じない。「明治大学二年の大塚と申します」と答えたら、「ああ、君が大塚君か」。手紙を出したことを覚えていてくださったんですね。

そのとき先生が「君、身体がこまい割に、いい腰しとるね」とおっしゃったんです。これが実にうれしかった。後藤先生といえば、「西の梅原、東の後藤」といわれた考古学界の第一人者。わたしにとって生涯の恩師となった方ですが、当時は雲の上の大先生です。その後藤先生にほめられたんですから、それはもう勇気づけられました。「俺でも考古学ができるかもしれない！」と発奮しました。

学問をするのに、穴掘りのうまい下手なんか関係ないと思われるかもしれませんが、考古学は、机上ではなく現場の学問。発掘の現場というのは、考古学者にとって一番大切な場所です。現場で遺跡を掘り出す技術は、だから非常に重要なんです。

発掘の手伝いにきた学生は、穴を掘る、トロッコを押す、といった肉体労働がすべてです。でもそれこそが、実はとても大事な、考古学にとって本質的な仕事なんです。だから、穴掘りをほめられたことが、そんなにもうれしかったんですね。

発掘の現場は生まれて初めてだったわたしが、なぜ大先生にほめられるほど穴掘りがうまかったのか。それは、上海の収容所で、毎日、ハンマーでコンクリートを壊したりモッコを担いだりと肉体労働をしていたおかげです。思わぬところ、それもわたしにとって一番大切なところで、戦争中のつらい経験が役に立ったんです。

考古学の発掘のスコップ使いには、コツがあります。素人と専門の人とでは、力の使い方が違うんですね。ポイントは、腰を軸にした手首の返し。これは野球の打撃と同じで、イチロー選手なんかを見ていても、腰の回転と手首の返しが素晴らしい。だから弾丸のように球が飛んでいくんです。

発掘のとき、スコップで土を掘って、ポーンと投げるでしょう。慣れていない新入生がやると、土がバラバラと広がってしまう。これが、三年生とか四年生になると、パーッとまとまって飛んでいきます。しかも、四メートル先のA地点、というように、目指した場所にちょうど届かせることができる。

それができるには、腰が重要なんです。後藤先生のほめ言葉が「いい腰しとるね」だったのは、そういうわけです。どんなことにも、極意があるんですね。

登呂遺跡の発掘には、明治大学だけではなく、早稲田、慶応、東大、法政など、さまざまな大学の学生が集まってきていた。

地元の小学校の裁縫教室の床にゴザを敷いて二〇人ほどで雑魚寝《ざこね》をし、朝から現場に出かける。夜は遅くまでディスカッションをした。乏しい食料を分け合い、腹を空《す》かしながらも、これほど充実した毎日はなかった。まさに青春だったと大塚氏は言う。

――わたしは発掘隊の書記をやっていましてね。発掘チーム五〇人ぶんの配給をもらいに行く役目をやっていました。そう、当時はまだ、食糧は配給の時代だったんです。静岡の小黒《おぐろ》というところに魚市場があって、三日に一回、そこに魚の配給をもらいに行きました。今日はスケソウダラ五〇匹、という具合です。それを一人で、二キロ先の宿舎まで運ぶ。市場の人が「学生さん、それどうやって持って帰るの？」と聞くので「肩に担いで、歩いて運びます」と言うと、魚を箱に入れてくれて「おい、氷を山ほど入れてやれ」って。

歩いて持って帰るなら時間もかかるだろう、真夏だから魚が傷まないようにという心遣いですが、途中で氷がとけ、宿舎に着く頃には魚の汁がまじった水でシャツはビショビショです。そのシャツを、氷屋のお嬢さんが洗ってくれたのもなつかしい思い出です。

煙草の配給は、一人一日一本と決められていました。週に一回、五〇人の七日分、計三五〇本の煙草をもらいに行き、土曜日の夕食のときに皆に配ります。煙草を吸わない女子学生から「わたしの分はあの人に渡して」と頼まれたりしました。

発掘には、著名な考古学者の先生が何人も参加しておられて、そういう方たちとも、煙草を配るときに顔を合わせるわけです。そのうちに、ドラム缶の風呂《ふろ》で背中を流したりもするようになりました。それぞれの先生たちの個性がわかって、面白かったです。

そうやって寝食をともにしながら教わったものは、学問だけではないんですね。生き方とか人生とか、そういうものも教えてもらったように思います。

後藤守一先生の背中は、このとき以来、何回も流しました。いろいろな現場をごいっしょしましたから。そうすると、発掘で鍛えたたくましい背中が、何十年もたってふと気づくと、別人のようにやせて小さくなっている。そのときわたしは、尊敬する偉大な先達の、人生そのものを見せてもらったと思いました。登呂遺跡の発掘現場は、わたしにとってまさに原点のような場所ですね。

昭和二二年に国会で決議があって、登呂遺跡の発掘チームに、米二俵の特配がありました。それだけ国民が注目していたということだし、国全体で発掘を応援してやろうという気持ちがあったんですね。そういう場に参加できたことは、ほんとうに幸せでした。

「石棺だったら、俺が最先端」

大塚氏は学者を志して大学院に進んだが、経済的には苦しかった。昭和二七年に結婚するが、モーニングもウェディングドレスも借り物。結婚後は養母と妻との三人で、型染めのカレンダーに色をつける内職をした。大塚氏は深夜の一時、二時までこの内職をし、学費の足しにしたという。

結婚四年後に、物心つく前から育ててくれた養母が亡くなったとき、大塚氏は博士課程後期で、大学に残ることができるかどうかわからない時期だった。もちろんお金はない。主任教授の杉原荘介氏に電話をすると、「葬式はけっこうお金がかかるよ。五万でも一〇万でも、家まで持って行ってやるから」と言ってくれた。大塚氏は電話ボックスの中で、声を上げて泣いたという。

大塚氏の専門は、古代の石棺（石の棺桶《かんおけ》）である。考古学の専攻学生になったころ、後藤教授に「将来何を専門にしたらいいでしょう」と相談した。すると後藤教授は「石棺を専門にやっている人はいない。一人くらい石棺の専門家がいてもいいんじゃないか。石棺内部の、埋葬方法を研究したらどうか」と言ったという。大塚氏は素直に「はい」と答え、以来、石棺の研究を続けてきた。

当時、出土した石棺は、それぞれの報告書によって縮尺スケールがみな違っていた。それを統一するために、比例コンパスを使ってすべて二〇分の一の縮尺の図面に直すというのが最初の仕事だった。

来る日も来る日も、コンパスを手に図面作り。コピーといえば青焼きしかない時代である。それも、学生が使うことなどできなかった。

「そんなことをやっているのは、考古学の世界でわたしだけでした。とにかく貧乏で、ふところにはいつも五〇円くらいしかなかった。あるとき、銀座通りを歩いていたんです。貧しい時代だったけれど、銀座はさすがに華やかで、着飾った人たちが行き交っていた。そのときに思ったんです。〃たしかに俺は金はない。でも、石棺の専門家は日本で俺しかいないよ。石棺だったら、俺が最先端だよ〃ってね（笑）。……それがわたしの誇りであり生き甲斐《がい》でした」


乗っていた船が二度も撃沈されて生き残った大塚氏の人生は、ドラマチックなエピソードに事欠かない。しかし、氏が語った半生の、長い物語の中で、もっともあざやかに私の目に浮かんできたのは、華やかな銀座通りを一人歩く、若く貧しい大塚青年の姿だった。

石棺だったら誰にも負けない、という自負は、他人から見れば、貧乏学生のちっぽけな意地にすぎないかもしれない。それでも、理不尽な戦争の運命の中で何度も死にかけた大塚氏は、そのささやかな誇りを大切に抱きしめて、戦後を生きたのである。

氏が語った戦場での体験が凄惨《せいさん》なものであるだけに、精いっぱい胸を張って銀座通りを歩く青年の姿を思うと、胸に迫るものがあった。過去に傷を負った人が、自分にしかわからないプライドをつっかい棒のようにして歩みを進めていく姿が見えるような気がした。

息を詰めるようにして戦時中の話を聞いていた私は、登呂遺跡発掘の話と、この銀座通りの話に至ったとき、やっと息をつくことができた。戦時中の話は、おびただしい「死」に彩られていたが、ようやく「生」へと話が転回したのだ。登呂遺跡発掘の話を、紙幅を割いて紹介したのは、そこに、大塚氏の、そして戦後まもない日本人の、生の方向に向かおうとする姿が反映されている気がしたからだ。

しかし、そうやって必死に戦後を生きる中でも、戦争の中で死んでいった人たちのことが、大塚氏の心から消えることはなかった。

昭和二四年、大塚氏は当時あったＮＨＫラジオの『尋ね人の時間』という番組にハガキを出した。戦争で消息がわからなくなった人を探すための番組である。

撃沈されて三二名の仲間のうち二〇名が亡くなった寿山丸で、氏の右隣に寝ていて亡くなった高木という戦友の遺族を探すためだ。大塚氏と同じ東京育ちで、都会っ子ゆえにいじめを受けた氏よりも、もっとお坊ちゃんっぽかったという。

「寿山丸は徴用船で、わたしたちは正規の乗組員ではなく便乗者だったため、ちゃんとした名簿が残っていないんです。誰が乗っていて、誰が死んだのか、記録にまったく残っていない。靖国《やすくに》神社にも祀《まつ》られていません。ひどい話です」

遺族にもきちんとした情報が伝わっていないかもしれないと思った大塚氏は、最期まで近くにいた人間として、彼の死の状況を遺族に伝えなければと思ったのだ。

ある朝、商工省に出勤するため家を出ようとしたところで、自分のハガキが読まれた。出勤すると、高木氏の姉という人から、ラジオを聞いたといって職場に電話がかかってきた。

「今日の午後一時から、目黒の寺で弟の法要があります」

大塚氏は早退して法要に参列、遺族と会い、線香をあげることもできた。法要の日にハガキが読まれ、参列できたのは、まったくの偶然である。もう一人、大塚氏の左隣に寝ていて亡くなった戦友の遺族も探し当てることができ、いまも年賀状のやりとりをしている。

いまでも大塚氏は、寿山丸が沈んだ四月になると、他人を蹴り落として自分が助かったときのことを思い出す。その日、四月一四日がやってくると、いたたまれない気持ちになるという。

永久に消えない記憶

戦場での経験を最後まで語らない人は多い。大塚氏のような凄絶な体験をした人の場合はなおさらである。

「わたしは人を殺したんです」

大塚氏が静かにそう言ったときの声を、私は忘れることができない。淡々とした言い方だが、達観しているという感じではなかった。もちろん開き直っているのでもない。では、この静かさは何なのだろう。

脚にしがみついてきた兵隊を、燃えさかる船底に蹴り落とし、自分は助かったという経験を大塚氏が公にしたのは、平成一七年八月のことだ。NHKのラジオ番組で、二回にわたって話をした。

大塚氏にとって、二度と思い出したくない体験のはずである。世間的に言えば功成り名を遂げた立場にある氏が、戦後六〇年経ってなぜ、語りはじめたのだろうか。

――それまでも、学生たちに話したことはあったんです。考古学の発掘の最終日には、教師も学生もみんな一緒に打ち上げをやりますが、そのときなんかにね。「先生、苦労したんですね」と言って涙ぐむ女子学生もいました。

でも、そういう場所以外で話したことは、ほとんどありませんでした。

あるとき、NHKラジオのディレクターがやってきて、戦争体験を話してくれないかと言う。わたしがかつて海軍の兵士で、乗っていた船が撃沈されて九死に一生を得たという話を、どこかで聞いたんでしょう。私の中学の後輩に当たる人でした。

なぜ話す気になったのか……どうしてでしょうねえ。言ってしまったほうが楽だと思ったのか。誰かに知ってもらいたいと思ったのか……。あるいは、許しを乞《こ》いたかったんでしょうか。自分ではなかなか分析できません。

話をして楽になったか、ですか？　言ってすっきりした、ということはないです。ああ、ついに言ってしまった、という感じでしょうか。

告白しても、謝っても、消えることではないんです。そう、消えないんですよ、永久に……。

大塚氏の話を聞きながら私は、これまで話を聞いた戦争経験者のことを思い出していた。かれらの中に、話し終わった後にすっきりした顔をした人は一人もいなかった。話したことで気が楽になったと言った人もいない。

語っても語っても、かれらが胸に抱いたものの重たさが減じることはない。それは、生きている限り抱えていく重たさなのだろう。大塚氏が「永久に消えないんです」と言ったように。

――ワイヤーに必死でぶら下がってね、もうちょっとで甲板に上がれる、もうちょっとで助かるというときに、脚にしがみつかれて、ズルッ、ズルッと、下に引っ張られていく。そのときはもう夢中なんです。夢中で振りほどき、蹴り落とした。

よく、「そのときどんな気持ちでしたか」と聞かれるんですが、一瞬のことで、言葉ではなかなか説明できません。……やっぱり、生きたかったんだと思うんです。咄嗟《とっさ》に「生きたい！」という本能があふれだした。蹴り落とした相手がどうなったかということは、助かった後で考えることでね。

その四か月ほど後に終戦を迎えるわけですが、玉音放送を聞いて、部下の兵隊――といってもわたしより年長で、大学も出ている気象部員でしたが、軍隊ではわたしのほうが上の階級だったんです――が、「大塚兵曹、よかったですね。これで生きて帰れますね」と言ったんです。わたしは「馬鹿、そんなことは二度と言うな！」と怒鳴った。まがりなりにも海軍一等兵曹ですから、その立場を示さなきゃいけないという思いがあったんだと思います。しかし内心では、ああこれで死なな くてすむ、助かった！　という気持ちでした。もっと勇ましい人たちもいました。いつ死んでもいいという覚悟で戦っていた若者たちがいたんです。わたしにだって、お国のために命を捨てようという気持ちはありましたし、軍人として恥ずかしくない行動をしたいとも思っていました。

しかしそれでも、生きたいという気持ちは抑えがたかった。それが卑怯《ひきょう》だと言われれば、甘んじて受けようと思います。わたしは、自分の命が大事な、情けなくて、恰好悪い若者だった、と。

死者の視線にさらされて生きる

一八歳の一等兵曹だったころの話をしながら、大塚氏は「これからの若い人には、人を蹴り落とすような真似はさせたくないねえ」と言った。

「人殺しは、俺一人でじゅうぶん」

誰に言うともなく、小さな声でそうつぶやいた。

私が話を聞いたとき、大塚氏は八一歳だった。前年の春に、大動脈瘤《りゅう》が見つかったという。大きさは四・八センチ。定期的にCTスキャンで検査をしている。「あの石原裕次郎と同じ病気です。五・五センチになったらすぐ手術だと言われています」

取材依頼の手紙を書き送ったとき、大塚氏はすぐに応諾の電話をくれ、「わたしのような者が、若い人にお話しすることも必要なのかもしれません」と言った。おそらく氏は、戦争当時の話を聞きたいと頼まれれば、断らずに話すことにしているのだろう。体験を言葉にすることは、その時間をもう一度生き直すことである。辛《つら》くないはずがない。それでも四時間にわたり、細部まで記憶を掘り起こして語ってくれた。

教訓的な話は一切ない。お説教も、社会への批判も、軍の上層部への恨みも、氏は一言も口に上らせることがなかった。自分は何をし、何をしなかったか。何を考え、どう感じたのか。自分の目に映った周囲の状況はどうだったのか。そのことだけを、できる限り正確に話そうとする意志が伝わってきた。

作家の五木寛之氏は、前述した大塚氏との対談集『弱き者の生き方』の冒頭で、次のように述べている。

希望を語ることは、たやすい。人間の善き面を指摘することもむずかしくはない。しかし、絶望のなかに希望を、人間の悪の自覚のなかに光明を見ることは至難のわざである。大塚先生のお話には、それがあった。私は戦後数十年にわたって背おい続けてきた重いものを、はじめて脇におろしたような気がしたのだ。

五木氏もまた、戦争に翻弄《ほんろう》され、消しがたい辛い記憶を抱えて生きてきた人である。さらに五木氏は、大塚氏と語り合った時間について、こう書いている。

数日にわたる長時間の対話のなかで、大塚先生は終始、自由で爽《さわ》やかな雰囲気を崩されなかった。これは先生の年齢を考えると、たいへんなことである。(中略)絶望におちいるのではなく、希望にすがるのでもなく「頬笑みながら夜を往く」人、というのが私の感じたことだった。

いま、この文章を書き写していて、大塚氏の、険しさのないおだやかな表情を思い出した。語り口には、つねに独特のユーモアがあった。大塚氏と向かい合った時間は、語られたのが凄惨な体験であったにもかかわらず、ふしぎな明るさをたたえて、私の記憶の中にある。

私はこれまで何度か、取材のためにかつての戦地を訪れている。硫黄島、沖縄、サイパン、テニアン――。多くの人々が亡くなったその場所で、私は何度も、頭《こうべ》を垂れ手を合わせて祈りの形をつくった。しかしそのたびに、小さく戸惑う自分がいた。心の中で何かを語りかければいいのか。それとも耳をすませて死者の声を聞くべきなのか。あるいは、ただ無心に手を合わせればそれでいいのだろうか。信仰をもたないせいもあるだろうが、死者と向かい合う術《すべ》がわからないのである。

これまでに話を聞いた金子兜太氏と大塚初重氏は、一〇代、二〇代で出征し、戦争による死を目の当たりにしている。多くの人が亡くなり、しかし自分は生き残ったという経験を経て、その後の人生を生きてきた。

二人の話を聞いているうちに、かれらにとっての祈りとは、死者を自分の裡《うち》に住まわせてこの世を生きる、その生き方そのものなのではないかと思った。

考古学ひと筋に歩んできた大塚氏の戦後の人生は、戦争で経験したこととは一見、関係がないように見える。しかし実は、死者の存在を深いところで意識しながら生きてきたのだ。

死者の視線にさらされて生きる人生がある。それを静かに受け入れ、できるかぎり誠実に生きてきた人がいる。そのことが、胸にひびくようにして伝わってきた。

逃げるなら大陸だ。
わたしは海峡に小舟で漕ぎ出そうと決めました。
徴兵忌避です。女の人が一緒でした。
——三國連太郎

漢口にて

三國連太郎（みくに・れんたろう）
一九二三（大正一二）年群馬県生まれ。静岡県松崎町で育つ。俳優。徴兵で静岡連隊に入隊、中国・漢口で終戦を迎える。一九五一年「善魔」で俳優デビュー。役名「三國連太郎」を芸名にする。同年、「稲妻草紙」でブルーリボン新人賞を受賞。以後、「ビルマの竪琴」「大いなる旅路」（ブルーリボン賞主演男優賞）「飢餓海峡」「釣りバカ日誌」シリーズなど、出演作、映画賞受賞多数。

三國連太郎氏に話を聞いてみたいと思ったのは、二〇歳のとき、兵隊になるのがいやで、大陸に逃げようとして特高警察に捕まったという話を、テレビのインタビュー番組で語っているのを聞いたからだ。

当時暮らしていた大阪から九州まで逃げた。朝鮮半島に渡ろうと思い、唐津《からつ》で舟の段取りをしていたときに警察官に捕らえられた――。

それ以上のことは番組では語られなかったが、私は、あの名優、三國連太郎が徴兵忌避*で捕まっていたのか、と驚いた。徴兵忌避といえば、当時は大罪である。

それに、海峡を渡って大陸に逃げるなど、まるでドラマのようではないか。三國連太郎といえば、漂泊と無頼の雰囲気を漂わせる俳優だが、それにしても現実離れしているように思えた。

徴兵忌避には、大きく分けて三つのパターンがある。わざと身体を傷つけること（身体毀損《きそん》）、病気のふりをすること（詐病）、行方をくらませること（逃亡）、である。

最初の二つについては、私も具体的な話を聞いたり読んだりしたことがある。生命に別状はないが重い怪我を手足などにわざと負う、徴兵検査当日に醤油《しょうゆ》を大量に飲んで熱を出す、知り合いの医者に頼んで偽の診断書を書いてもらう、などである。

たとえば詩人の加島祥造氏は、戦時中、製材機にわざと右腕をつっこんで怪我をし、兵役を逃れようとした経験について書いている。

私は遂に機会が来たと思った。雪に足をすべらせて転ぶ。そして誤って右手を製材台においた拍子に手がすべって、廻わる鉄の歯につっこんでしまう――この想定が心に浮んだ。そして明日はやろう、と決心した。それも右手を突っこむんだ。大事な右の手をわざと断ち切るやつはいない。左手だと――それも指の幾本かという程度だと――疑がわれるぞ。右手をやるんだ。私はそこまで思いつめていた。

（『新潮』平成一四年五月号所収「あの夜」より）

加島氏の場合、すでに学徒兵として徴兵され、所属する部隊から製材所に派遣されていた身だったので、徴兵忌避ではないが、広い意味での兵役忌避である。

軍隊から逃れられるなら不具になってもいい。不具になったら、どこかの田舎の町に

いって学校教師になろう、そしてひっそり生きよう……。（前掲書）

当時、こうした思いを抱いた人は少なくなかったろう。思いつめたあげく実行に移した人もいたわけだが、三番目の「行方をくらませる」という例は、あまり聞いたことがない。身体毀損や詐病にくらべて成功率が低いことは容易に想像がつくし、もし逃げおおせることができたとしても、ふるさとも親兄弟も名前も捨て、身を隠し続けなければならない。そんな行動になぜ走ったのか。また、そのようにしてまで〝兵士になること〟から逃げようとした人にとって、戦場とはいかなる場所だったのか。それを聞きたいと思った。

中学校を中退して大陸へ密航

三國氏に会って話を聞いたのは平成二〇年の六月三日、場所は西新宿の京王プラザホテ

＊徴兵忌避（ちょうへいきひ）
徴兵検査は戦前、満20歳の男子は必ず受けなければならない義務だったが、これを嫌って検査を受けずに逃げた者、あるいは検査を受けた後入営が決まったのに入営しなかった者は「徴兵忌避者」とされた。本書の三國連太郎氏の場合は後者にあたり、六か月以下の禁錮、戦時では一年以下の禁錮に処せられた。

ルである。にわかには信じがたいようなドラマチックな話を、氏は淡々と語りはじめた。

――徴兵逃れ。はい、そうです。反戦思想とか、そんな立派なものを持っていたわけではなくて……わたしはろくな教育を受けていませんしね。中学は二年でやめていますし、それまでだって勉強嫌いで、ほとんどさぼりっぱなしだったんです。

ただ、軍隊というものがいやだった。当時、中学には*配属将校というのがいて、軍事教練をやらされたんです。これがいやでねえ。こんなのは教育じゃない、いじめだと思っていました。

あるとき、ちょっとした悪さをして停学になったんです。わたしは学校の寮にいたんですが、配属将校の官舎に一週間預けられて、その間、ずっと正座して教育勅語を書かされました。そんな思い出もあって、軍隊なんていうところに行くのは、たまらなくいやだった。絶対になじめるはずがないと思いました。

鉄砲を持たされて人を撃つのもいやだし、自分が殺されるのもいやだ。徴兵検査には合格したけれど、入隊するのは何としても免れたかったんです。それで、とにかく逃げよう、逃げるんなら大陸がいいんじゃないか、と。

ああ、突飛に思えますか。実はわたしは、大陸で暮らしたことがあったんです。一三、四歳で密航して……しばらく向こうでフラフラしておりました。そのときの経験があったものですから、大陸に行けば何とかなるかもしれないと、そう思ったんでしょうね。

海峡を越えて逃げる、という発想は、原体験があってのことだったのである。

三國氏は静岡県の伊豆《いず》で育った。勉強が嫌いで、両親の反対を押し切って中学校を二年で中退。家にいられず東京に出る。当時すでに身長が一八〇センチ近くあり、大人びた風《ふう》貌《ぼう》だった三國氏は、食べていくためにさまざまな職に就いた。

公衆浴場の釜《かま》焚《た》き、材木屋から切り屑《くず》を集めてリヤカーで運ぶ仕事、人絹工場の臨時工……。親戚《しんせき》に連れ戻されてはまた家出することの繰り返しだった。

そんな毎日がいやになって、ある日、下田《しもだ》に停泊していた船にこっそり乗り込む。神風丸という、木造の鉱石運搬船だった。

＊配属将校（はいぞくしょうこう）
軍事教練などの目的で、全国の中等学校以上の学校に配属された陸軍の現役将校。1925（大正14）年に公布された「陸軍現役将校学校配属令」によって始まった。なお、配属将校の代わりに、柔道や剣道を指導する「武道教師」が軍事教練を行うこともあった。

──握り飯をいくつか新聞紙に包んで、船倉に隠れました。とにかく日本を出たかった。そうすれば思った通りに生きられそうな気がしたんです。

船は、中国の山東省の青島《チンタオ》行きでした。ちょうど瀬戸内海のあたりで見つかってしまいましてね。普通なら下ろされるところですが、お金なんか持っていないから、そこで下りても家まで帰る手段がない。船長さんがいい人で、どうせ青島まで行って荷を載せて、また下田に帰ってくるんだから、それまで乗っていてもいいということになりまして。ボーイとして働きながら、青島に向かったわけです。

しかしわたしとしては、日本に連れ帰られたんでは意味がない。青島の港に着くと、そのまま脱走しました。青島の日本人街にたどりついて、そこのダンスホールで、歳を一九歳といつわって働きました。

そこに二か月くらいいたでしょうか。次に行ったのが、朝鮮半島の釜山です。ここは日本との連絡船が発着する港でした。港に隣接した赤煉瓦《れんが》造りの駅のプラットホームで弁当売りをやったんですが、ときどき軍用列車が沈痛な顔をした兵隊を乗せて運び出す。たぶん満州へ向かう中継点だったんですね、釜山は。一九三七年、ちょうど日中戦争が始まった年だったと思います。

兵隊さんたちに大邱《テグ》林檎《りんご》の売れ残りをサービスしたりして、弁当売りはけっこう上手《うま》くいったんです。駅弁売りをやめて、京城に行き、満州に渡るつもりでしたが、満州軍に見つかりまして、仕方なくまた引き返したんだと思います。そんなことを繰り返して結局、大陸にいたのは全部で四、五か月でしょうか。やっぱり子供ですね。行き場に迷って、たぶん淋《さび》しくなったんでしょう。釜山から連絡船に乗って、日本に帰ってきました。

徴兵忌避──「逃げるなら海峡だ」

──日本に帰ってから、大阪に向かいました。いや、縁もゆかりもない土地です。まず、船の錆《さび》落としの仕事をやりました。

「カンカン虫」なんて呼ばれて、バカにされていた仕事です。きつかったけれどいいお金になりました。泉南《せんなん》郡の貝塚というところにあった、中山鉄工所というところに職を見つけて、そこで知り合った藤本という男には、ずいぶん世話になりました。彼のおふくろさんが優しい人でね。よくしてもらいました。

そのほかにも、軍需工場の臨時雇いの工員をしたり、手先が若干、器用だったんで、映画館や芝居小屋の看板描きなんかもやりました。もちろんその日暮らしの生活です。二〇歳で召集されるまで、そうやって、職を転々としながら食いつないでいました。

ある日、心斎橋《しんさいばし》を歩いていたら、空襲警報が鳴ったんです。大阪ではじめての空襲だったと思います。近くにあった喫茶店に逃げ込みました。そこで働いていた女性と親しくなって……、のちに召集令状が来て九州に逃げたとき、実はその女性と一緒だったんです。彼女のアパートに転がり込んで暮らしていたんですが、あるとき、そこに警察が踏み込んできまして。営利誘拐罪で逮捕されてしまった。身に覚えのないことで、何が何だかわからなかったんですが、当時、女性を口説いて花柳界に売ってしまう男たちが街のあちこちにいまして、それと間違われたのかもしれません。

小柄で知的な感じの女性でしたが、彼女は左翼運動にかかわっていたらしくて、勾留《こうりゅう》中は、共産党の内情とか、そういうことをずいぶん聞かれました。もしかすると、最初からそれが目的だったのかもしれないとも思います。わたしは運動のことなどまったく知りませんから、適当に答えていたら、結局、かなり長いあいだ留置場にいる羽目になりました。

そうこうしているうちに、留置場に徴兵検査の通知が来たんです。それで釈放されて、伊豆に帰って検査を受けました。たしか甲種合格でした。また大阪に舞い戻って働いていると、しばらくして、実家の父親から、入隊通知が来たという知らせがあったんだと思います。逃げようと思ったのは、そのときです。

友人のお母さんに一〇円借りて、大阪駅に行きました。静岡に帰るには東へ行く列車に乗らないといけない。しかしわたしが乗ったのは西へ向かう列車です。行けるところまで行こうと思いました。

徴兵忌避が大罪だということは、わたしのような者でもわかっていました。でも、そのときは、逃げることしか生きる方法はないと確信していたのです。

喫茶店で知り合った例の女性の実家が岡山でした。それで岡山で降りて、家を訪ねました。一緒に逃げようということになって、彼女の知り合いのお寺の住職——人望のある人で、学生時代に反戦運動をやっていたという話でした——に一〇円もらって、二人でさらに西に向かったんです。一人で逃げるより、女と一緒のほうが疑われにくいという計算もあったように思います。

このとき、逃げるなら海峡だと過去の体験から思いついたのです。それにわたしは伊豆の育ちですから、艪《ろ》を漕《こ》ぐのには自信があった。小さな舟で海峡に漕ぎ出せば、朝鮮半島の釜山にたどり着けるのではないかと思ったんです。

あとは野となれ山となれ、です。とにかくそのときは、鉄砲も撃たず殺されもせずにいるには、大陸に行くしかないと考えていました。

母の通報で捕まる

九州までたどり着いた二人は唐津に向かい、そこにしばらく滞在して逃亡の準備をした。その先の呼子《よぶこ》という港から海峡に漕ぎ出そうと考えていたという。

三國氏は、食料を調達するため、女性を残して一人で街へ出た。海流に流されたときのことを考えると保存食が必要だと思い、手元に残ったわずかな金で闇米を買おうと思ったのだ。


——唐津の駅を出て商店街を歩いていましたら、変な男がついてきたのに気づきました。これはまずい、どこかでかわさなくてはと思っていたら、弁天座という劇場がありましてね。旅芝居の一座の「野狐三次」という芝居がかかっていたんです。そこに逃げ込みました。

当時、客席には臨検番用*のボックスがありまして、芝居の内容をチェックしているわけです。わたしはその下にもぐり込んで見物していました。ところが芝居のクライマックスで、座長をつとめる役者さんが、ちょうどその官席のところでタタラを踏んで大見得を切ったんです。まさにわたしが隠れていた目の前の場所でした。わたしは、思わず手を叩《たた》いてしまったんですね。それで見つかってしまって捕まりました。特高警察だったと思います。

女性ですか？　彼女はそのまま逃げたのか、それとも保護されたのか、それっきり姿を見ませんでした。

実は戦争が終わって復員した後、わたしは岡山まで彼女に会いに行っているんです。ところが、すでに子供を背にした姿を見ましてね。ああ時が流れたんだと思い、そのまま声をかけずにさよならをしました。

徴兵忌避ですから、普通でしたら陸軍刑務所とか、そういうところに入れられるんでしょう。しかし、わたしの場合はすぐに静岡の第三四聯隊《れんたい》に入隊させられ、戦地に送られました。昭和一八年の暮れのことです。

＊臨検（りんけん）
もともとは、その場に臨んで検査することで、とくに行政機関の職員が営業所や工場などに立ち入って行政法規が守られているかをチェックしたり、違法行為を起こしていそうな船舶やその乗員、乗客を公の船舶が調査することをいう。ここでは、芝居や講演会などで反国家的な言論や表現がなされていないかを警察など監視したことを指す。

実は捕まったのは、おふくろの通報によるものだったようです。

唐津からわたしは、伊豆の両親に手紙を出しているんです。中学を勝手にやめて、放浪生活のようなことをしたあげくに徴兵忌避ですから、せめて親不孝を詫《わ》びておきたいと思ったわけですね。

わたしは、郵便に消印が押されるということを忘れていました。おふくろはその手紙を警察に届けた。で、消印から足がついたんです。

悩んだ末の行動だったと思います。徴兵忌避は大罪、まさに非国民の行状です。家族からそんな人間が出たら、一家の生活はめちゃくちゃになりますからね。わたしには弟妹がいましたから、かれらの将来のことを考えたのだと思います。わたしは母の死に目には会っていないのですが、妹によれば、息を引き取る直前に「お兄ちゃんには悪いことをした」と言ったそうです。

わたしの入隊後、戦地に行く前に最後の面会に来たとき、母はおしるこを煮て持ってきてくれました。近所中から砂糖をかき集めて作ってくれたんでしょう。警察に届けたことで母を恨む気持ちはないつもりですが、やはり当時わたしは、根っこのほうに、母に対するわだかまりを持っていたのかもしれないとも思います。

父ですか？　父は、そのことについては触れませんでした。ただ絶対に死ぬな、生きて帰ってこいとだけ言っていましたね。あとでお話ししますが、父は反権力の人といいますか、なかなか気骨のある人でした。

電気工事の職人で、当時は河津《かわづ》川水力電機という会社に勤めていました。若い職人さんに召集令状が来て出征するとき、まわりはみんな「万歳、万歳」と叫ぶんですが、ただの一度も唱和したのを見たことがなかった。見送りにも絶対に行きません。

実は父は若いとき、シベリア出兵に参加しているんです。そのときの従軍記章というのがあって、普通なら大事にするものらしいんですが、それを犬の首につけていました。そういう人でした。

三國連太郎が見た戦争

三國氏の部隊が送られたのは、中国戦線だった。静岡駅から軍用列車で西に向かい、呉の軍港から船に乗った。上陸したのは釜山港である。そこから大陸を北へ進んだ。皮肉にも、かつて軍隊から逃げるために三國氏が計画したルートと同じである。

――漢口から汽車で四、五時間行ったところに信陽という町があって、そこの駐屯地に配属されました。当時は、戦闘というより討伐ばかりです。

北支那《しな》から軍隊に復帰するとき敵襲にあったんですが、銃を撃とうとして、いくら引き金を引いても弾が出ない。安全装置をはずすのを忘れていたんです。そういう駄目な兵隊でした。身体をこわして入院したりもしましたから、厄介者扱いで、あっちこっち転属させられました。

そのせいで命が助かった部分もあるかもしれません。わたしの部隊は、湘桂作戦といって、洞庭湖を渡って桂林を下り、貴州省まで行ったんです。その移動命令が出たとき、わたしは入院していて、参加できなかった。その作戦ではずいぶん大勢の仲間が戦死したはずです。生き残りは、ガダルカナルへ転戦していきました。

自分の部隊から置いていかれたわたしは、漢口にあった兵器勤務隊というところの世話になることになりました。名古屋の師団に所属する、移動しながら兵器の修理をする部隊でした。漢口は兵站《へいたん》基地でもあります。わたしは武器修理の技術はありませんから、代用燃料を造る部署に出向させられました。

ほんらいは航空燃料を造るところなんですが、そんなものを造っているところは一回も見ませんでした。造っていたのは部隊で飲むための酒ばかりです。直属の上官は、前線に酒を送る責任者でした。

そうこうしているうちに、昭和二〇年の八月一五日がきた。一か所に集められてみんなでラジオを聞く、ということはありませんでした。たまたま憲兵司令部の近くを通りかかったとき、玉音放送が聞こえてきたんです。

戦争が終わったと知ったときは、足がふるえました。おれは生きのびられた、日本に帰れる――それしかありませんでした。

一発の弾も撃つことなく、三國氏の戦争は終わった。彼が戦場で見た光景は、どんなものだったのだろうか。

――多少なりとも美化できるようなことには、いちどもお目にかかったことがありません。出来事も、人間もです。

部隊が討伐に出たとき、中隊長が「突っ込めー！」と叫んで、部下を先に行かせて自分

＊兵站（へいたん）
前線の後方にあって、軍需品の輸送と補給を行うこと、あるいはその機関、施設などをいう。戦地と本国の連絡の確保や、病院機能などを含めることもある。現在では「後方」ということが多い。

は後ろに立っている。静岡出身のその中隊長は、安全を確かめてから、中国人の家にゆっくり入っていったのではないかと思います。

金持ちの中国人は、奥さんのベッドの下に金塊などを隠していることがあるんです。その中隊長はそれを知っていて、あらかた討伐の片がついた頃に、ベッドのマットをめくって金塊を探していたと聞き及びます。

不幸にして人の死をたくさん見ましたが、勇敢な死というものに出会ったことはありません。前線で負傷して送られてきたある兵は、病室に運ぶために担架を持ち上げようとしたら、ささやかに「おかあちゃん……」とつぶやきました。その記憶は今も脳裏から離れません。

戦争での人間の死にざまっていうのは、美しくもないし勇敢でもない。それがのちに、どんなに大きな功績としてたたえられたとしても、惨めで悲しいものです。わたしはそう思います。

戦争に「美しい死」はありえるか

戦争という極限の状況の中で、砂の中で光る一粒の砂金のように、人間の美しさが一瞬きわだつ――そんなこともあるのではないかと、どこかで期待していた部分が私にはあった。

上官の人間的な側面だったり、戦友との心の交流だったり、勇敢な死であったり……そういうことについて語ってもらえるのではないかと思ったのだ。これまで戦争の取材をしてきた中で、多くの人が、ひとつくらいはそういう話をしてくれたからだ（それは、死んでいった人たちへの、せめてものはなむけだったのかもしれないが）。

戦争の中で見いだされる人間の美しさについて、作家の島尾敏雄氏は次のように語っている。『戦艦大和ノ最期』を書いた吉田満氏との対談の中での言葉である。

その中からやはり水中花みたいな、非常にきれいな人間像が出てきたりなんかするんですね。冷たい美しさを持って死の断崖《だんがい》に剛毅《ごうき》にふん張った人たちなんか。

（『特攻体験と戦後』中央公論社）

島尾氏は戦時中、海軍予備学生として、震洋*という一人乗りのボートによる特攻隊の隊長となった。

ここに引いた言葉は特攻について語ったものだが、前後を読むと、島尾氏が言おうとしたのは、戦争や特攻への賛美ではなく、むしろその逆であることがわかる。

そういう一見美しく見えるものをつくるために、やはり歪《ゆが》みをくぐりぬけることが必要というふうなことになると、ぼくはやはりどこか間違っているんじゃないか、という気がしますね。ほんとうはその中にいやなものが出てくるんだけれど、ああいう極限にはときには実にきれいなものも出てくるんですね。そこがちょっと怖いような気がしますね。（前掲書）

戦争の中での人間の美しさとは、ある〈歪み〉の上に成立するものであり、そこに陶酔することの危険さを強調している。しかし、極限の状況の中でこそあらわれてくる、人間の美しさというものがあることは認めている。

これまでに話を聞いてきた、俳人の金子兜太氏、考古学者の大塚初重氏も、戦争の悲惨さと愚かさを語る一方で、戦地で出会った人間味のある人たちの姿を、あざやかに描写してくれた。

しかし三國氏は、戦争の中で、美しい人間も美しい出来事も一度も見なかったと断言する。

海軍に志願した金子氏や大塚氏と違い、三國氏は徴兵されて陸軍に入隊した一兵卒だったし、もともと徴兵忌避をするほど戦争や軍隊が嫌いだったことも大きいだろう。

しかし、それだけではないようにも思える。この人の中に、人間というものを見据える冷徹な目があるのではないかという気がするのだ。それは熱狂や陶酔と無縁の、酷薄ともいえるまなざしである。

その冷徹な目は、自分自身にも向けられている。同じ部隊の人が数多く亡くなった中で、自分は生き残ったということに負い目のようなものはありますか、と質問したとき、三國氏は言った。

「戦争で死ななかったことよりも、戦後、いろいろなことを偽って生きてきたことのほうに負い目があります。人を利用し、便乗し、嘘をつき……わたしはそんなふうに生きてきたんです。だから、あの戦争と、戦後の収容所生活、そして引き揚げのときにかかわった人たちが住んでいるかもしれない土地には、長い間、行きたくない気持ちが非常に強かっ

＊海軍予備学生（かいぐんよびがくせい）
「海軍予備学生制度」とは、旧制大学、高等学校の学生および専門学校の卒業生の中から志願した者を、1年間の軍事教練ののち海軍少尉に任官させる制度で、1941（昭和16）年より始まった。徴兵検査によって陸軍に入ることを嫌った者が海軍予備学生となることが多かった。同様の制度に「飛行科予備学生」がある。

た。俳優になってからもそうです。ロケなんかで地方に行くことがありますが、昔のわたしを知っている人がいそうなところに行くのは怖いんです。正直、今でもそんなところがありますね」

偽装結婚の真相

中国大陸の漢口で終戦を迎えた三國氏は、収容所に入れられた。そのときのことを、作家の梁石日《ヤンソギル》氏との対談で、こう語っている。

中国で敗戦になりましたとき——漢口というところでしたが——軍隊と民間人が分けられて、それぞれが一定の区域に収容されたんです。私は兵隊であったのになぜか——その事情は些細《ささい》なことでして長くなりますので省略しますが——一般の日本人と同じに中国の管理下に拘束されたんです。

（『風狂に生きる』岩波書店）

そこには二〇〇〇人ほどの民間人が収容されていた。なぜ兵士だった三國氏が民間人の収容所に入ることになったのか、今回のインタビューでも氏は語らなかった。この収容所時代、三國氏はポマードや美顔クリームなどの化粧品を作って売っていたという。怪我をしたときに入院した北京の病院は、もともとは大学だった建物を日本軍が接収したもので、そこで拾った学生のノートから製法を学んだそうだ。

三國氏は応召する前、道頓堀《どうとんぼり》の古本屋で日本の特許集を買って読みあさったことがあるという。ものを作ることに興味があり、手先も器用だった。

収容所といっても、ひとつの建物の中に閉じこめられているのではなく、ある決められた区域の中で生活をする。その中での暮らしは比較的自由で、演芸会なども行われた。ただし、外部との出入りは自由ではない。

しかし三國氏は、作った化粧品を、収容所の外で売っていたという。

「門番が通してくれるんです。どうもわたしは、日本人じゃないと思われていたようなんですね」

たしかに三國氏の外見は日本人離れしている。彫りの深い顔立ち、当時としては珍しい一八〇センチを超える長身。若いころの写真を見ると、今よりさらにバタくさい雰囲気で、外国人と間違われても不思議ではない気もする。収容所の門番は中国兵だったという。三國氏をロシア人とでも思ったのだろうか。

ともかく三國氏は、門番の思いこみを利用した。適当な英語をしゃべって外国人としてふるまったという。

収容所の中に、最前線から帰ってきた一団がいた。

「その中のリーダー格の男が、収容所の中で夫婦をつくって、内地に帰すということをやっていたんです」

当時、単身者よりも夫婦者や家族連れの方が、優先的に帰国することができたのだという。

その男の斡旋《あっせん》で、すでに亡くなっている民間人の名前を借りた。そして、その人の未亡人とともに、帰国の手続きをした。

「死んだ人になりすまして、引き揚げの優先権をとったわけです。一日も早く内地に帰りたくて」

三國氏がこれまで、雑誌などのインタビューで、大陸で〝偽装結婚〟をしたと語ってきたのは、このことである。

こうしたことは終戦直後の外地の収容所ではしばしば行われていたのだろう。生き抜くために誰もが必死の時代だ。しかし、三國氏の中には、消えることのない負い目として刻まれたということなのだろうか。

——収容所には一年近くいたでしょうか。昭和二一年、上海の旧昭和島から日本に帰ってきました。

佐世保の港に着いて、引揚援護局で手続きをしました。そこで一〇〇円くらい受け取ったと思います。復員兵は無料で鉄道切符がもらえます。それで山陽本線に乗ったんです。無蓋《むがい》貨車でした。

その列車には引き揚げ船の中で知り合った人たちと一緒に乗っていたんですが、何か買うものはないかと思って、ひとりで広島駅で下車しました。そこから広島の街に入ったんです。

そうしたら、ほんとうに何もないんですね。街は跡形もなく、一面の焼け野原。見えるものは原爆ドームと、ところどころに立っている鉄塔のようなものだけでした。

戦地へ行く直前に、公用で一日だけ、広島の街に行ったことがあったんですが、そのときの面影はまったくありません。

広島で見た風景は、戦地で出会ったどの光景よりも怖ろしく、また無惨でした。

徴兵忌避をして大陸に逃げようとしたとき一緒にいた女性の故郷、岡山に立ち寄ったのもこのときです。前にお話ししましたように、そこでわたしが見たのは、赤ん坊をおぶった彼女の姿でした。闇屋をやっているようでした。声はかけずに、そのまま帰ってきました。

大阪の駅で降りると、駅前の広い道の両側が、やはり一面の焼け野原になっていました。地面から水道管が突き出していて、その蛇口から水がぽたぽた漏っていた光景が忘れられません。ずいぶんとものさびしい気持ちにさせられました。

大阪では、戦前に働いていた貝塚の鉄工所で一緒だった、藤本という男に世話になりました。ええ、前に話した人です。彼の家は馬喰《ばくろう》をやっていて、その馬小屋だったところが空いていた。そこに、やはり昔一緒に働いていた男と一緒に寝泊まりさせてもらいました。藤本のおふくろさんには、このときもずいぶん世話になりました。

すべては生き抜くために

戦後の三國氏は、食べていくためにさまざまな仕事をした。

社会思想史の学者である沖浦和光氏との対談の中には、当時のことを振り返り、「詐欺師的な生き方」と評している部分がある。

それから、宮崎、鳥取、長野、静岡と、仕事を探しながら転々としました。私は十代の頃に大阪で手に入れた全二十数巻の特許局の出版物を、概略だけですが、なぜかよく覚えていたんです。それで、その特許を下敷きにしまして、安物の美顔クリームや頭髪用のポマードを作ったり、アルコールの密造をしたり、あるいはサツマイモのでんぷんからグルコースを採る安直で粗悪な工場を経営したり……、それこそやれることは何でもやりました。努力すればそれなりに何とかやれるという才覚があったんですが、今かららふり返りますと、ずいぶん詐欺師的な生き方をしたものです。

（『「芸能と差別」の深層』ちくま文庫）

どんなことでもやって生きのびるという意志と才覚がなければ、今日の食べ物さえ手に入らない時代だった。多くの人が闇屋まがいのことをして生きた。だが当時の自分を「詐欺師的」と呼ぶ三國氏は、自分自身に対して、ずいぶん醒《さ》めているように思える。

三國氏は、続けてこう語っている。

まあ、そういった何でもやって生きていくという人間のずるさと言いますか、悪がしこさが、戦地で身についていたのかもしれません。それで、混乱の戦後も何とか生き抜いてこられたのです。

（前掲書）

復員してから四年間、こうした暮らしを続けた後、三國氏に転機が訪れる。職を探しに来た東京で、松竹のプロデューサーにスカウトされたのだ。

卒業名簿を頼りに中学時代の知り合いを訪ねて東銀座の勤め先に行ってみたが、すでに離職した後で、途方に暮れていたときだった。

「あのあたりには当時、三十間堀《さんじっけんぼり》と呼ばれていた運河がありました。今は高速道路になっていますけれども。その運河沿いを、築地《つきじ》警察の方に歩いていたら、すれ違った男の人が声をかけてきた。松竹の小出孝というプロデューサーでした。木下恵介監督の映画の主役に決まっていた岡田英次さんがレッドパージにあったので、この作品は没にするしかない、という会議が終わったばかりだったらしいんです。で、代わりにカメラテストを受けてみないか、と」

当時の岡田英次氏と三國連太郎氏は、ともに西洋風の甘いマスクで、たしかに雰囲気がよく似ている。

空腹だった三國氏は、「メシが食えるなら」と承知する。大船《おおふな》の撮影所でカメラテストを受け、食券をもらってカツ丼を食べていたら、助監督がやってきて、主役に決まったと告げられる。すでに伝説化した「俳優・三國連太郎」誕生のエピソードである。

ちなみに三國連太郎という芸名は、この映画『善魔』の役名をそのままもらったものだ。

「一〇日間ほど猛特訓を受けまして、撮影に入りました。しかしまったくのシロウトですから、NGの連続です。ずいぶんとフィルムを無駄にさせてしまいました」

この作品でデビューした後、『稲妻草紙』でブルーリボン新人賞を受賞。戦後の混乱をくぐり抜け、思ってもみなかった俳優という職業のスタートラインに三國氏は立つことになった。昭和二六年、二八歳のときだった。

師匠もなく、劇団やグループにも属さず、独行の俳優としての歩みが始まったのである。

戦争体験と父

戦争体験について語りながら、三國連太郎氏は何度も、自身の父親のことに言及した。気がつくといつのまにか父についての話になっているという感じだった。

それは自然な親しみと愛情に満ちており、自分自身について語るときの醒めた口調とはずいぶん違う印象だった。インタビューを終える頃には、聞き手である私にも、氏の父親が、なんとなく近しい人のように感じられたほどだ。

これまで戦争について話を聞いた多くの人とは違って、三國氏の話からは、戦友や上官の人物像は、まったくといっていいほど見えてこない。また、戦時中の三國氏自身の姿も、薄い皮膜をへだてた向こうにいるように、どことなくつかみどころがない印象を受ける。徴兵忌避や偽装結婚などといったドラマチックな体験が語られ、そこにリアリティがないわけではないのだが、生身の姿がなかなか伝わってこないのである。

それは三國氏が根っからの演技者であるがゆえなのか、それとも戦争の経験を経て、自分とは何者かということにこだわり続けた結果、自分自身を突き放して見る目を獲得したからなのか。数時間のインタビューではわからなかったのだが。

そんな中で、唯一、あざやかに浮かび上がってきたのが、父親の姿だった。

この人にとって、戦争について語ることは、すなわち父について語ることなのではないか。話を聞きながら、そう思った。

三國氏の父は、シベリア出兵に従軍している。

シベリア出兵とは、一九一八(大正七)年から一九二五(大正一四)年まで、ロシア革命への干渉をおもな目的に、欧米の列強諸国とともに、日本がシベリアへ兵力を派遣したことをいう。

結局は失敗に終わったこのシベリア出兵に、三國氏の父は、志願して参加した。

その事情について三國氏は、

「結婚して子供が生まれたとき、自分のように世間から差別を受けて辛《つら》い思いをさせたくなかったからだと思います。戦争に行けば、普通の職につくことができる。何とか職業差別からぬけだしたかったんですね」

と話す。

昭和五九年に、みずからの人生をふり返って書いた自伝『わが煩悩の火はもえて』（カッパ・ブックス）の中で、氏は次のように語っている。

私の祖父は、両刃のウメガイを一本懐にして、死人の棺桶《かんおけ》をつくることを生業《なりわい》とする漂泊民でありました。その祖父の職業を継いだおやじ自身も小学校を出るとすぐ棺桶屋になりました。いまのように、まとめてボーッと人間を焼くようなわけにはいかない時代のことです。一日以上かかって、人間を焼く商売も兼業としていたのでございます。

父は祖国のために戦ったのではなく、世間から差別される職業からぬけだすために戦場へ行ったのだと三國氏は言う。

――わたしは親父の出自について知りませんでした。わたしが生まれた頃は、親父は従軍を終えて、普通の仕事についていましたから。

けれども、村人や友人たちの態度から、子供心に何かあるのかな、と感じることが何度かありました。裕福な家の子の自転車がなくなったりすると、なぜか真っ先にわたしが疑いをかけられたりしましたから。

親父は、シベリア出兵のとき、工兵隊*にいたらしいんですね。そこで習い覚えた技術をもとに、復員後、電気工事の職人になりました。「良民」*になることができたわけです。あちこちの発電所の工事現場で働いたりしていたようですが、結婚してわたしが生まれると、故郷の伊豆に帰り、河津川水力電機株式会社という小さな会社に就職しました。土《と》肥《い》という鉱山町にある支店です。

父の涙の裏側にあったもの

――親父は、わたしをなんとしても旧制中学に入れたかったようです。学歴がないばかりに会社で一人前の技術者として認められなかったのが悔しかったのでしょう。

工兵隊にいたのは二年間だったと思いますが、そこで一通りの仕事を身につけた。努力したんだと思います。わたしが物心ついてからも、親父はよく勉強していたし、実に仕事熱心な人だったと思います。

電柱に登るのなんかも、速くてね。若い人の面倒もよくみていたようです。高圧線にふれる危険のあるような仕事は決して部下にさせず、かならず自分でやっていました。

でも、学校を出ているというだけで、たいした腕もない若い技師が、出世して自分の上司になってしまう。そんなことがずいぶんあったらしいです。親父は電工長というポジションまで行きましたが、それ以上にはなれなかったようです。だからわたしには、学校を出て、ちゃんとした資格を身につけてほしかったんだと思います。

＊工兵隊（こうへいたい）
陸軍には通常「歩兵」「騎兵」「砲兵」「工兵」の4つの兵科がある。このうち「工兵」は、道路や橋、建造物の建設および破壊、築城や各種工作などを担当する。「工兵隊」はこの工兵が所属する部隊。

＊良民（りょうみん）
大化の改新以降の律令制では、人民を「良民」と「賤民」に分けた。卑しむべき職業に就く者としての「賤民」には5種あり、衣服の色により分けられていたので「五色の賤」と呼ばれた。この賤民以外の者が「良民」と呼ばれ、租税や兵役の義務を負っていた。この身分制は、十世紀になって律令制が崩壊するとともに解消され、のちの被差別部落などの誕生とは直接は関係がないとされている。しかし本書のように「良民」「賤民」という言葉は、差別を受ける者とそうでない者を区別する意味合いで今日でもしばしば使用されている。

でもわたしは、勉強が嫌いでしてね。わざわざ中学なんか行かなくても、小学校を出たらすぐ親父の跡を継げばいいと思っていたんです。

それで、進学はしたくないと言ったら、ペンチでなぐられました。いまでもそのときの傷が、ハゲになって残っております。親父は半狂乱のようになって怒りましてね。余った銅線で親父が器用につくった火箸《ひばし》があったんですが、それを、正座しているわたしの太ももに、ブスッと突き立てたんです。

その傷痕《きずあと》も、いまだに残っています。いまでも風呂《ふろ》に入ったときなんかに、その傷が目に入ると、なんとなくなつかしいような気持ちになる。あの乱暴さがなつかしいんです。親父の乱暴さは、正直さのあらわれだった気がするんですよ。

親父には、よくなぐられました。躾《しつけ》にきびしい人で、言うことをきかないと、すぐにゲンコツが飛んでくる。そんな親父からいつもかばってくれるのがおふくろでした。でも、わたしはずっと親父が好きだった。むしろ、わたしをかばうおふくろのほうに嫌悪感がありました。

おふくろは、嘘をついてわたしをかばうんです。たとえば、宿題をやっていないことで親父に怒られると、「この子は風邪で寝ていたからできなかったんだ」と言う。親父に薪《まき》を割るように命じられたのに、やらずに遊びに行くと、おふくろが代わりに割ってくれていて、「この子がこんなにがんばって割ったんですよ」と、これまた嘘をつく。

宿題をやらなかったり薪割りをさぼったりしてなぐられるのは当たり前で、いやだけど仕方がないと思っていました。でも、おふくろの嘘は、汚い気がしたんです。

結局、旧制中学には進みましたが、二年生のとき、やはりどうしてもいやで、退学してしまいました。そのときも、ひどく親父になぐられ、ほとんど半殺しの目にあいました。

親父は泣いていました。おまえだけは学歴を身につけて、世間並みに生きていってほしかったのに、と思っていたんでしょう。

親父が流したあの涙は、いまも忘れられません。自分自身は、戦場に出て行くことによって、命がけで理不尽な境遇からぬけだした。わたしには、教育によってそれをさせたかったのかもしれません。しかし当時のわたしは、親父の思いがわからなかった。親父の過去を知りませんでしたから。すべてを知ったのは、親父が晩年になってからです。

血はつながっていなくとも

三國氏の父が、職場の若者が応召して入隊するとき、決して見送りに行かず、万歳三唱も絶対にしなかったことは前に書いた。

「親父は、お上《かみ》からの理不尽な押し付けが我慢できなかったんでしょう。シベリア出兵の経験から、戦争がどんなものか身をもってわかっていた部分もあったんだと思います。わたしのときにも見送りには来ず、玄関先で、とにかく死ぬな、生きて帰ってこい、とだけ言いました。まさに反骨の人でした」

そう三國氏は話す。

戦前、近くの鉱山で大規模なストライキがあったとき、三國氏の父は、官憲に追われた労働者のリーダーを、工事資材の倉庫にかくまった。明け方、怪我をしていた労働者を背負って、土肥から修善寺《しゅぜんじ》へと抜ける山道を峠の上まで送り、逃がしてやったという。そうした姿が、少年の日の三國氏の心に、鮮烈にやきついたのである。

三國氏は中国大陸から復員してきて間もない頃、しばらくの間、父の仕事を手伝っていた。木の電柱をかついでいって立て、一軒一軒の家に電線を張っていく。重労働であり、危険もともなう。しかし、戦後の焼け野原に建つ家々に電気が通じ、電灯がつくのを見て、働きがいのある仕事だと思ったという。

「一言もしゃべることなく黙々と働き、わたしが失敗するとペンチで頭をなぐるんです」

その頃、父はすでに六〇歳を過ぎていた。大柄で体力もあった三國氏だが、どの作業も、父にはまったくかなわなかったそうだ。

なつかしさを込めて、三國氏は父を語った。ペンチでなぐられてできた頭の傷を、豊かな髪を分けて見せてくれたのだが、「ほら、ここです、いまもはげているでしょう」と言ったときの表情は、なんとも言えずうれしそうだった。

「親父はわたしのことを、小僧って呼んでいたんです。おい小僧、って、死ぬまでね。一回も名前で呼ばれたことはなかったなあ」

少年に戻った顔つきで、そう話す。

この人にとって、傷も、父の形見のようなものなのかもしれない、これも肉親ならではのことだな――そんなふうに思った私は、この父親と三國氏が血がつながっていないということを聞いて驚いた。

――どうも計算が合わないなあとは思っていたんですよ。両親が知り合ってからわたしが生まれるまでの期間が短すぎるんです。四か月くらいの早産で生まれたことになってしまう。

親父とおふくろがはじめて出会ったのは、静岡県の沼津《ぬまづ》です。電気工として群馬県の太《おお》田《た》という町の発電所工事の現場で働いていた親父が、仕事が一段落して、実家のある伊豆の松崎《まつざき》へ帰ろうと、下田港行きの汽船の発着所にいた。おふくろもそこで、船を待っていたわけです。気分が悪くなったおふくろを、親父が介抱してやったそうです。

おふくろは、伊豆半島の先端に近い、子浦《こうら》というところの出身です。実家はもともとは裕福な網元で、おもに遠洋漁業をやっていたようです。それが嵐で船を全部失ってしまって没落したと聞きます。おふくろの父親は自殺し、一家離散のようなことになるんですね。

おふくろは、一四か一五のとき、二〇〇円という金額で、売られるようにして広島県の呉に女中奉公に出されます。ある日、風呂敷包みひとつでそこを追い出され、伊豆に帰る途中でした。

そのとき、おふくろのお腹にはすでにわたしがいた。奉公先を追い出されたのも、そのせいだったんじゃないでしょうか。相手は呉の海軍軍人だったというような話も聞いたことがあります。はっきりとはわかりませんが。そういえば幼い頃、わたしを養子にしたいといって、母の実家を訪ねてきた男性がいた、なんていう話もありました。

おふくろは当時一六歳。叔母《おば》から聞いたところによると、たいへん大人っぽい、肉感的な美少女だったそうです。親父はおふくろに心をひかれ、その境遇への同情もあって、よし自分が面倒をみてやろう、お腹の子の父親になろうと決心したようです。

親父はそのまま伊豆には戻らず、おふくろを連れて、群馬県の飯場にUターンしました。親父はそのとき、もう三〇歳を過ぎていました。

両親が沼津で出会ったのが一〇月、わたしが生まれたのは、その翌年の一月です。だから、わたしは、親父とは血がつながっていない。それでも、いまも母親以上に、父親が好きなんですね。たいした人だったと思っています。

父という死者

故郷の伊豆で三國氏の父が亡くなったのは、昭和五〇年のことである。中風（脳卒中）で倒れ、闘病中だった。父をみてくれている元同級生の医師から電話があって、もう長くないだろうと言われ、三國氏は仕事先の京都から一〇日間ほど休みをもらって伊豆に帰った。

――親父は死ぬ直前、入院していた病院に親戚を呼び集めました。ベッドの枕元にわたしを呼んで、挨拶《あいさつ》をしろと言う。

わたしは親戚中の嫌われ者でしてね。ろくな付き合いはしていませんでした。そのとき何と挨拶したか覚えていませんが、とにかく何か話したんでしょう。すると親父は、枕の下からゴムバンドで結わえた紙の束を出して、それを破り捨てた。全部、借用書でした。

親戚や知人に、小金を貸していたようなんです。その借用書を目の前で破ることで、これはおれ一代のことなんだ、これで終わるんだとみんなに宣言したんですね。わたしに対しては「これで区切りをつけた。おまえは親戚付き合いはしなくていい」ということだったと思っています。その翌日に意識を失って、間もなく亡くなりました。

実は親父は、長い間、おふくろとは別の女の人と暮らしていたんです。おふくろとなぜうまくいかなくなったのか、男女のことですからわたしが知る由もありませんが、なんとなく感じていたことはあります。

おふくろは、破産したとはいえ、もとは網元の娘です。親父の出自をいやしむ気持ちが、どこかにあったのではないかと思うんです。贅沢《ぜいたく》な衣類を買い込んで、支払いを親父にさせていました。

その女の人は、最後まで親父の面倒をみてくれました。親父は病気になったときも、わたしの家で養生しようとしなかった。下田の病院にみずから入りました。

下田には三年間くらいいたでしょうか。昔の友人や仲間たちを集めては、猥談《わいだん》をやったりしてね。楽しく暮らしていたようです。

わたしの映画は、どうでしょう、観たことがなかったんじゃないでしょうか。でも、『善魔』でデビューしたときは、たくさん酒を飲んで、地元の知り合いみんなに報《しら》せて回ったそうです。

父とは別に暮らしていたおふくろは、映画デビューした直後に引き取りました。妹と弟も一緒に引き取って面倒をみたんですが、それは、おふくろのためというよりも、親父のためだったような気がします。

おふくろは、昭和四九年に、結婚した妹のところで暮らし始め、まもなく脳軟化症で亡くなりました。親父が死ぬ前の年のことです。

年齢を重ねるほどに、父の存在が自分の中で大きくなっていくと三國氏は言う。父に学ぶものが大きい、と。

理不尽な境遇から脱出するために、戦場に赴かなければならなかった父。戦争とは、国民を一律に「兵士」として扱うことで平等化するという機能を、たしかに持っている。生命を差し出す代償としてしか自由を得られなかった三國氏の父は、〝お上〟への疑問と嫌悪を戦場から持ち帰ったのではないだろうか。

父の生きる姿を見ることで、三國氏は、権威や常識を疑う姿勢を身につけたのだろう。世の中や自分自身に向ける、おそろしく醒めた視線も、実は大いなる反骨精神のあらわれなのかもしれない。

俳優の佐藤浩市氏は、三度目の結婚で生まれた三國氏の長男である。佐藤氏の母親と離婚した頃、三國氏は「ちょっと浩市を借りるよ」と言って車に乗せ、故郷の伊豆の海へ連れて行ったことがあるという。佐藤氏が小学生の頃だ。

「清流荘という旅館にふたりで泊まりまして……。なんでしょうねえ、何か伝えたかったんでしょうかねえ」

その伊豆の海に、三國氏は父の骨を撒《ま》いた。

墓は要らないと、父は言ったそうだ。散骨は、父が好きだった下田の海の、静かな入り江で行ったという。

もうねえ、死体慣れしてくるんです。
紙くずみたいなもんだな。
川を新聞紙が流れてきたのと同じです。
——水木しげる

ラバウル出征の直前の一枚

水木しげる（みずき・しげる）
一九二二（大正一一）年生まれ。鳥取県出身。漫画家、妖怪研究家。戦時中はニューブリテン島ラバウルに出征。マラリアを発症、さらに敵機の爆撃を受けて左腕を失い、死線をさまよう。代表作に『ゲゲゲの鬼太郎』『河童の三平』『悪魔くん』『のんのんばあとオレ』などがある。

水木しげる氏は、言わずと知れた国民的マンガ家である。『ゲゲゲの鬼太郎』には、私も小学校低学年のころからテレビアニメで親しんでいた。昭和四〇年代半ば、夕方の四時ごろから、何度となく再放送されていたのを憶《おぼ》えている。

ユニークな妖怪《ようかい》たちに心をひかれ、楽しんで観たが、卒塔婆《そとば》が立ち、あちこちに苔《こけ》むした墓石が傾いている墓場の何ともいえない雰囲気は、子供心にけっこう怖かった。午後四時といえば、夏場はまだ昼間の続きといった感じだが、冬になると、画面に見入っているうちに窓の外が暗くなってくる。ひとりで観ているときなど、ふと気づくと部屋にも夕闇が入り込んでいて、急に怖ろしくなったりした。

次々に登場する妖怪キャラクターは面白かったが、いま思えば、闇と死のイメージに満ちた作品だった。

鬼太郎の出自は「幽霊族」で、母親が臨月で亡くなり、死後に生まれて墓から這《は》い出してきたという設定であることを知ったのは、大人になってからだ。

アニメ版は子ども向けの表現がなされていたとはいえ、画面にたちこめる死と闇の気配はほかのアニメにはないものだった。

この、怖ろしくも魅惑的な世界を産んだ作者の人生について知ったのは、十数年前、新聞か雑誌のインタビューだったと思う。水木氏には左腕がなく、それは戦争で失ったものであること、氏が送られたニューギニア戦線の状況は実に悲惨なものであったことなどが書かれていた。

考えてみれば、水木氏の世代の人たちはみな、何らかのかたちで戦争体験があるのだが、子どものころから慣れ親しんだ鬼太郎の世界の後ろに、戦場の情景があるかもしれないことには、そのときまで思い至らなかった。

戦記マンガ『総員玉砕せよ!』

水木氏の作品『総員玉砕せよ!』(講談社文庫)を読んだのは、私が戦争の取材を本格的にはじめたころだ。

この作品は、水木氏自身の戦場体験をもとに描かれた長編戦記マンガである。氏はいくつかの戦記マンガを描いているが、長編はこの作品だけだ。水木氏に話を聞いてみたいと思ったのは、この作品を読んだことからだった。

主人公は、水木氏自身とおぼしき二等兵。寝ることと食べることが人生の重大事で、およそ敢闘精神など持ち合わせない彼の目から描かれるのは、徹底してリアルな戦場の日常である。

戦争の愚かさや悲惨さを声高に叫ぶのではなく、食べて、寝て、排泄《はいせつ》してという日常が淡々と描かれる。そしてふいに訪れ、やがて主人公の周囲に充満することになる、さまざまな「死」。それもまた淡々と描かれ、悲壮感のないまま、えんえんと死が積み重なっていく。その怖ろしさ。

昭和の戦争は、戦記文学とよばれる小説やノンフィクション作品を数多く生み出した。私はマンガの世界にそれほど詳しいわけではないが、それにくらべて、戦記マンガというのは少ないのではないかと思う。

大岡昇平、大西巨人をはじめ、みずからの体験をもとに、すぐれた戦記文学をものした作家はたくさんいる。しかし、マンガの世界ではあまり思い当たらない。

あの戦争をテーマにしたマンガはあっても、小説をマンガ化したものか、あるいは戦場を舞台にした架空の物語であることが多いように思う。

数少ないオリジナルの戦記マンガであるこの作品は、小説やドキュメンタリー、詩などの戦記文学に劣らない名作である。平成一九年夏にはＮＨＫでドラマ化もされた。こちらのほうも評判を呼び、第六二回文化庁芸術祭のテレビ部門・ドラマの部で優秀賞を得るなど、高い評価を受けた。

水木氏はあとがきの中で〈この「総員玉砕せよ！」という物語は、九十パーセントは事実です〉と書いており、水木氏自身と思われる二等兵は、丸山という名前で登場する。

物語は昭和一八年末、ニューブリテン島ココボからはじまる。ニューブリテン島は、パプアニューギニアに属し、日本軍がソロモン諸島方面に進出する際の拠点となった島である。有名なラバウル航空隊をはじめ、陸海軍あわせて九万人を超える将兵がいた基地ラバウルは、この島の東北の端にあった。ココボは、ラバウルの東南にある海岸である。

ちょうど連合軍がニューブリテン島の南西にあるマーカス岬、つづいて西端のツルブに上陸したころ、主人公・丸山の隊はココボからバイエン（実際にはバイエンより一〇〇キロメートル手前のズンゲン）へ移動し、ここで敵と遭遇する。

やがて、士官学校出の若い大隊長の「日本軍人は生き恥をさらすべきではない」「死に場所を得たい」との思いから、全員が玉砕しなければならなくなる。

まだじゅうぶん持久ができる、粘って生き抜くべきだという年配の中隊長や、玉砕は無駄死にであり、兵士たちの命を大事にするべきだという軍医の意見は容《い》れられず、ただ死ぬためだけの突撃が敢行されるのである。

分隊が全滅、ただひとり生き残る

水木しげる氏に会うことができたのは、平成二〇年四月のことである。仕事場である調《ちょう》布《ふ》市のマンションで話を聞いた。氏は大正一一年生まれ。私がお会いしたときは八六歳だったが、耳が遠い以外は、きわめて元気そうに見えた。

ファンにはよく知られているようにマイペースな性格で、そのとき話したいこと、思いついたことを、自由にどんどん語っていく。こちらが何も質問しないうちに、氏は戦場のことを語りはじめた。

――水木サン（水木氏は自分のことをこう呼ぶ）の人生を振り返ってみますとね、とにかく運がいいんです。それはなんでなのか。屁理屈《へりくつ》をつければいろいろあるんでしょうけどね、本当のところはわからない。

でも、危ないところをひとりだけ生き残ったという経験をすると、理由はわからなくても、自分は運が強いんだということだけはわかってくるんです。

最初は、前線のいちばん先のね、まさに最前線にやられたときですよ。一〇人だけの分隊で、ズンゲンからバイエンというところまで偵察に行かされたんです。一〇日間も行軍して。

そこは海の近くでね。交代で不寝番をするんですが、その日、水木サンはいちばん最後、明け方の担当でした。望遠鏡で海上を監視するんです。戦争中だけど、敵の姿は見えないし、あたりは平和な風景でした。

夜が明ける直前に、オウムが何十羽もたくさん来ましてね。あれは家族だったのかな。それがすごくきれいで、つい夢中になって望遠鏡で見ていたんです。まさに楽園だなあ、と思いながら。

気がつくと、朝の六時を五分ほど過ぎていました。不寝番は六時までなので、兵舎がわりの掘っ立て小屋に戻ろうとした瞬間、パラパラパラ、という音が聞こえました。豆まきでもはじまったような音です。

そのあとで、ものすごい爆音がしました。皆がいる小屋が直撃弾を受けて、分隊は全滅。逃げようとした者も機銃掃射でやられて、水木サン以外は全員死んでしまったんです。敵も、太陽が昇りきってしまうと具合が悪いから、明け方を狙ったんでしょう。

小屋は、水木サンが不寝番に立っていた場所からそんなに離れていませんでしたから、あのときオウムに見とれたりせず、六時きっかりに小屋に戻っていたら、確実に死んでいたはずです。

水木サンは海に飛び込んで、そのあとはジャングルの中を逃げました。途中で靴の底が抜けてしまって、困りましたねえ。

味方の勢力圏だと思っていたところが、もう敵のものになっていて、現地人も日本兵を見つけると攻撃をかけてくるんです。

何とか中隊のいる場所までたどり着いたら、「なんだお前、生きとったのか」と言われました。バイエンに行った分隊は全滅したと、すでに師団司令部に報告していたんだそうです。何だか、皆といっしょに死んでいた方がよかったような言い方でした。

戦場での話は、そのあとも続いた。

「もうねえ、思い出したくないんですよ」

その言葉を何度かはさみながら、それでも、氏は戦争以外の話を、まったくといっていいほどしなかった。

生きた魚を喉につまらせて死んだ戦友

水木氏は二〇歳になった昭和一七年に徴兵検査を受けている。近眼のため乙種合格[*]だったが、翌一八年に召集され、鳥取聯隊《れんたい》に入隊。しかし、軍隊にはまったく不向きな若者だった。

子どものころから絵が得意で、尋常小学校高等科一年生のとき、画家でもあった教頭が水木氏の絵を絶賛し、個展を開催してくれた。これが新聞の地方版にとりあげられ、ますます絵にのめり込む。

一五歳で高等科を卒業、図案職人見習いとして就職するが、生来ののんびりした性格――食べることと寝ることが最優先のライフスタイルで、それは軍隊でも変わらなかった――のため、二か月でクビになる。別の会社に就職するが、そこも長続きせず、美術の専門学校に通ったり新聞配達をしたりして暮らしていた。

東京美術学校（現在の東京芸術大学）に入学することを夢見て、受験資格を得るために夜間中学に通っているときに太平洋戦争が勃発《ぼっぱつ》。身近になった死が怖くてならず、ゲーテやニーチェ、ショーペンハウエルなどの哲学書に親しむようになった。

そして、夜間中学の三年生だった昭和一八年春、召集令状を受け取るのである。

初年兵の中で、いちばん多く殴られたのが水木氏だった。ぼんやりしていてマイペース。時間厳守の軍隊で、朝の点呼や非常呼集にはかならず遅刻する。理由は「一秒でも長く寝ていたかったから」。毎日遅れるので毎日殴られるが、あまりにも懲りないので、周囲もそのうちあきらめてきたという。

「大儀になってきたんでしょうね、いちいち怒るのが。戦地にいってからもそうでした。相手にされないというか。でもやっぱり、殴られはしましたけど」

鳥取聯隊ではラッパ卒*になったが、そのラッパも、どうしてもうまく吹くことができない。やめさせてほしいと曹長に頼むと、「お前、南がいいか北がいいか」と聞かれた。暖

*乙種合格（おつしゅごうかく）
徴兵検査の合格判定区分の一つ。「乙種合格」は健康体の「甲種合格」の一ランク下で、健康だが近視や難聴など若干の身体的欠陥をもつ者で、兵役には適するとされた。

*ラッパ卒（らっぱそつ）
旧軍では「起きるも寝るも皆ラッパ」といわれ、起床、食事、消灯など軍隊内でのすべての行動、さらに儀式や戦場における指示などもラッパの音で知らせた。「ラッパ卒」とは、そのラッパを吹く兵隊のこと。日清戦争の際、死んでも突撃ラッパを離さなかったという木口小平二等兵は有名。

かいところが好きなので「南です」と答えると、南方の第一線に送られることになった。

当初は、南太平洋にあるソロモン諸島の激戦地・ガダルカナルに補充兵として送られる予定だった。しかし戦況の変化によって、やはり激戦地であるニューギニアのニューブリテン島に送られたのである。

当時のニューブリテン島は、すでに西半分が連合軍に占領され、日本軍の輸送船も、島に着くまでにほとんどが撃沈された。無事に着いたのは水木氏の乗った船が最後で、後続の船は一隻も到着しなかった。

「だからずっといちばん下っ端のまま。いつまでも殴られ続けたわけですねえ」

戦地では、おびただしい死にとりまかれて暮らした。あんなに死が怖かった水木氏だが、まわりに「死」が多すぎて、他人の死を悲しんでいる余裕はまったくなかったという。

――戦争っていうのは、弾に当たって死ぬだけじゃありません。兵隊は実にいろいろなことで死にます。生きた魚を喉《のど》につまらせて死んだ仲間もいました。

戦争っていっても、ずっと戦闘をやっているわけじゃありません。陣地をつくったり食料を調達したりという労働、つまり使役を割り当てられるわけです。その日は、海で魚捕りをする使役に、水木サンともうひとりの兵隊と、二人で出ました。

魚捕りといっても、釣りをするわけじゃない。網もありません。手榴弾《しゅりゅうだん》を海に投げ入れて、衝撃で魚が気絶して浮いてきたところをつかまえるんです。

すぐに捕らないと魚が息を吹き返してまた泳ぎ出すので、急いで手でつかむんですが、一緒にいた兵隊が、なにを思ったのか、一匹を頭から口に入れたんです。そうしたら、ピンピン跳ねて、喉の奥に入っていってしまってねえ。喉がつまってバタバタ苦しがっている。その姿はまるで、踊りをおどっているようでした。

水木サンも手伝って魚を引っ張り出そうとしたんですが、大きな魚でね、つるつるすべるし、どうしても駄目なんです。結局、その兵隊は、窒息して死にました。

思わず魚を口に入れてしまうほど腹が減ってたのかって？　いや、そうじゃないですね。飢えてはいませんでした、水木サンたちの部隊は。

でも、食い物に対する執着はすごくありましたからねえ、みんな。たぶん、その死んだ人は、もう一匹捕ろうとしたんじゃないかと思うんですよ。両手に持てるのは、一匹か二匹でしょう。もう一匹持って帰ろうとして、口に入れたんじゃないかと。

非常に不思議な死に方だったから、噂が流れましてね。あいつは引っ張られたんだ、って。

死が積み重なっていく日々

――実はその男は、死んだオーストラリア兵の靴をとってきて履いていたんです。死体を見つけたときは、水木サンもいっしょでした。行軍中に死んだらしいいくつかの死体が、ジャングルの中で腐っていたんです。

死体は、まだ新品の靴を履いてましてね。水木サンたちはボロボロの靴しかありませんから、その男が、これをもらって履こうといいだして。最初は水木サンも履いたんです。気持ちが悪かったけど、上等の靴だったから、おそるおそる履き替えました。

分隊に戻ったら、上等兵に、その靴はどうしたんだときかれて、死んだ敵兵のだと言ったら、返してこいと叱られまして。縁起が悪い、って言うんですな。

水木サンは怖いから、死体の所に戻って、返してきました。でも、その男は、平気でそのまま履いていたんです。気持ちはわかるんですよ。なにせ上等の靴だったからね。でもそのせいで、死者に引っ張られたんじゃないかということになって。

どうでしょう、ほんとうに引っ張られたのかねえ。まあ、そういうこともあるかもしれないです。戦地っていうのはほんとうに、不思議なことがありますから。

ワニに喰《く》われて死んだ兵隊も多かった。水木サンたちの隊では、川を渡って、対岸に豚を捕りに行ったりしていたんです。一隻の船に二人で乗り、しばらくして振り返ったら、いっしょに乗っていた奴がいない。ふっと消えてしまったように、どこにも姿が見えないんです。

たとえば川に落ちた帽子を拾おうとして水に手をちょっと入れるでしょう。そうすると、その手に喰いつかれて、水の中に引っ張られる。あっという間です。

で、二、三日たつと、下半身だけが流れてくる。ワニっていうのは、上半身だけ食べて、下半身は泥の中に埋めておく習性があるそうです。しばらくして泥が流されると、それが浮き上がってくる。そして川を流れてくるんです。ゲートルをきちんと巻いて、靴も履いた状態でね。

死体をどうするかって？　どうもしません、そのままです。流れて行くまま。

もう死体慣れしてくるんです。紙くずみたいなもんだな。川を新聞紙が流れてきたのと同じ。自分だって、いつ、その新聞紙みたいな死体になるかわからないわけで、まさに明日はわが身だから。そうなると、他人のことにあまり心がいかないね。

水木サンも、ワニに喰われそうになったことがありますよ。川で洗濯しているとき、ふっと見ると、ワニの鼻面が目の前にあって、ウワッと飛びのきました。あと二、三秒気づくのが遅かったら、やられていました。

ワニっていうのは、静かに近づいてくるから、よっぽどそばに来るまで気がつかないんです。鼻の頭の先っぽだけ水面に出して、スーッと来る。

そうやって、一日に二、三人くらい兵隊が減っていったね。あいついないな、どうしたんだと言っていたら、しばらくして、たいてい下半身だけ流れてきたね。

右を見ても左を見ても「死」ばかりの日々を、水木氏はユーモアをまじえて延々と語り続けた。その姿からは、ある種の凄《すご》みのようなものが感じられた。

不寝番に立っている間に分隊が全滅、ただひとり生きのびた水木氏だが、まもなく連合軍が上陸。氏のまわりには、ますますおびただしい死が積み重なっていくことになる。

前線の島で見た平和な風景

ニューブリテン島のバイエンで敵襲に遭い、ズンゲンの中隊に戻るためにジャングルの中を逃げる間に、水木氏はマラリア蚊に刺されていた。

無事、中隊に合流できたものの、*マラリアを発症し倒れる。高熱が続いていたころ、オーストラリア軍がズンゲンを攻撃してきた。このときの爆撃で水木氏は左腕を負傷し、結局、切断しなければならなくなった。

包帯や消毒液などの衛生材料は乏しく、傷口にはウジがわいた。体力は落ち、骨と皮になって髪の毛が抜け落ちた。しかしそんな状態でも、食欲だけは衰えなかった。

こんな状態でまさか食べられないだろうと誰もが思う中、水木氏は空腹を訴え、一食も欠かさずに食べた。それが功を奏したのだろう、瀕死《ひんし》の状態だった氏は、少しずつではあるが快復に向かっていった。その生命力の強さは、死ぬのは時間の問題と思っていた衛生兵や軍医を驚かせたという。

「ぼくは胃がよかったからねえ」

水木氏はのんびりした口調でそう振り返るが、兵隊としては落第もいいところで、勇敢でも優秀でもなかった氏の中に、生き物としての根源的な強さが眠っていたということなのだろう。

＊マラリア

ハマダラカによって媒介されたマラリア原虫によって引き起こされる感染症。罹患すると高熱を発し、意識障害や腎不全などを起こし死に至ることも多い。熱帯、亜熱帯地域がおもな伝染地域で、太平洋戦争中は多くの日本兵がマラリアに苦しんだ。

ひと月ほどして、水木氏は後方送りとなる。ラバウルの近くにあるココボの野戦病院に送られることになったのだ。本部から食料を積んで着いたダイハツ（大型発動艇。上陸用舟艇《しゅうてい》だが海上輸送にも使われた）に乗せられ、敵の魚雷艇がうようよする海を渡って、なんとかココボに到着した。

野戦病院といっても、あばら屋に病人が寝かされているだけ。屋根は椰子《やし》の葉で葺《ふ》いてあり、雨が降るとひどい雨漏りで、びしょぬれになった。

支給された毛布には、古い血と膿《うみ》がこびりついていたという。ラバウルは孤立し、物資の供給は途絶えていた。

――病院に運ばれるために動いたのがよくなかったんでしょうか、具合がますます悪くなりました。

マラリアが再発して高熱は出るし、左腕の傷口からは膿が出るし。残った右腕も、わけのわからない皮膚病にやられて、動かせなくなりました。さすがの水木サンも、いよいよ本当に駄目かと思いましたね。あるときなんか、もう死んでいると思われて、担架に載せられて屍室《しつ》に連れて行かれそうになりましたからねえ。

病院では兵隊がどんどん死んでいきました。一晩中うなり声をあげていた人が、「おかあさん」と呼ぶ声が聞こえる。すると、朝にはたいてい死んでいました。

半年ほどしたころだったか、戦闘の役に立たない傷病兵は、まとめてどこかへ集められるという話が伝わってきました。水木サンの隣に寝ていた軍曹が、「ツルブ撤退のとき、足手まといになる傷病兵は一か所に集められて置いて行かれた。わしらも足手まといだから、殺されるんじゃないか」などと、不穏なことを言います。

みんな動揺しましたが、そんなことはなく、ナマレというところへ移動することになったんです。

傷病兵ばかりが集まったナマレでは、軍律はわりとゆるやかでした。自由な時間がけっこうあるんです。しかしそのぶん、食料が少ない。例によって水木サンはいつも腹を空《す》かせていました。

それで、少し具合がよくなると、近所に偵察に行くことにしました。何か食べるものはないかと思ったんです。最初にニューブリテン島に来たころは、青いバナナを見つけて、房ごと土の中に埋めておいたりしました。バナナっていうのは、土に埋めておくと、黄色く熟れておいしくなるんです。食うのを楽しみにしていましたが、何しろ自由時間がないから、掘りに行けないんです。それで、結局食べられなかった。あれは残念でした。しかし今度は、自由な時間がありますからね。

食えそうな草なんかをとってきて試してみましたが、アクが強くて駄目でした。それでも、南国らしくてなかなか景色がいいし、よくぶらぶら歩いていたんです。

そうしたら、現地人の集落がありましてね。小屋が五、六軒の小さな村で、実に平和な風景でした。戦争を忘れて、水木サンは見とれてしまいました。

現地人たちを見かけたことは、それまでにもたびたびありました。兵隊たちが朝の掃除をしているときに、よく病舎の前を通りかかっていましたから。のんびりしていていいなあと、水木サンは思っていたんです。

切断した腕の傷から「生命の匂い」

——ぼーっとその村を眺めていたら、一軒の家から婆さんが出てきました。目があうと、婆さんがニコッと笑ったので、水木サンも笑いました。それから少年が出てきてニコッと笑うので、また水木サンも笑いました。それでなんとなく、気持ちが通じ合ったんです。

水木サンは少年と、片言のピジン語で話をしました。ピジン語というのは、現地語と英語の混じった言葉です。少年の名はトペトロ、婆さんの名はイカリエンといいました。ちょうど昼飯時で、かれらはメシを食い始めて、水木サンにも食えと言うんです。うれしくて、猛然と食べました。こっちは腹が空いていますから、かれらのぶんまでどんどん平らげてしまったんですね。

そこへ、男女二人が帰ってきた。女のほうは、病舎の近くで何度か見かけたことがありました。美人だなあと思って見ていたんです。彼女の名はエプペといいました。まだ一六、七歳でしたけど、もう結婚していて主婦でした。一緒に帰ってきた男の人が旦那《だんな》さんだったんです。それを知って、水木サンはちょっとがっかりしましたねえ。

エプペは、自分たちのぶんまで水木サンが食べてしまったことを知っても怒りませんでした。水木サンは、お詫《わ》びというかお礼というか、そういう気持ちで、何日かしてタバコを持って行ったんです。ちょうど月に一回のタバコの配給があったのでね。

エプペと旦那さんは喜んでくれて、パンノキの実を焼いたものを食べさせてくれました。そうやって、水木サンは現地人たちと仲良くなっていったんです。水木サンにとって、かれらの生活は天国みたいに思えました。

かれらは、朝と夕方だけ作業をして、昼間は寝ているんです。働く時間は全部あわせても三時間くらいでした。日本人から見ると怠けているようにみえますが、これが気候にあった生活の仕方なんです。

熱帯ですから昼間は暑い。涼しい時間だけ仕事をするほうが理にかなっています。また熱帯の自然は、そのくらいの労働で、人間にじゅうぶんな糧を与えてくれるんですね。もっといろんなものを手に入れたいとか、すごくうまいものを食いたいとか思うなら、たくさん働かなきゃいけないけれど、そんなことは思わないから、必要なぶんだけ働いて、後はのんびり過ごしている。これこそが人間的な暮らし方だと、水木サンは思いました。

かれらとつきあっているうちに、身体も快復してきたんです。切断した左腕の傷も、だんだんよくなってきた。ある日、切った腕のところから、かすかに赤ん坊の匂いみたいなものがすることに気がつきました。あれは何だったんでしょう、不思議です。水木サンは、生命の匂いのような気がしましてねえ。すごくいい匂いに感じたんです。

それまでは、いつ死ぬかわからないと思っていたのが、ひょっとして生きて内地に帰れるかもしれないと、希望をもつようになりました。トペトロやエプペたちといると楽しくてしょうがないから、水木サンはそのうち、毎日のようにかれらの村に入りびたるようになりました。

軍隊では現地人との接触は禁じられていました。水木サンは何度も注意されたけれど、行くのをやめませんでした。ある夜、便所に行こうとしたら将校室から光がもれている。で、議論している声が中から聞こえてきたんです。何かと思ったら、水木サンのことなんですよ。あいつは狂人なのか、いや変人なだけだ、なんてね。*重営倉に入れるかどうかでもめているんです。

何しろ、もう絶対現地人の村には行くなと厳しく言い渡されたすぐ後に、村の入り口で大尉殿とばったり出くわした、なんてこともありましたからねえ。

その大尉殿は一兵卒から昇進してきたうるさい人でしたけど、そのうち水木サンのことには触れなくなりました。きっと面倒くさくなったんでしょう。ほかにやるべきことはいっぱいあるし、放っておくのが一番だと思うようになったんじゃないでしょうか。

よく軍刀をなくす軍人らしくない軍医がいて、その人がかばってくれたこともあり、結局、重営倉に入れられることはありませんでした。

戦場になっている島で、現地人が平和に暮らしていたことが不思議ですか？　当時、師団から、現地人をいじめたり迷惑をかけたりしてはいかんという命令が出ていたんです。敵側に協力するようになってしまわれてはまずいですから。

連合軍も、現地人を迫害したりはしなかったようです。だから、ニューブリテン島は、

＊重営倉（じゅうえいそう）
「営倉」とは旧陸軍で懲罰を受けた兵士を拘束しておく懲罰房のこと。重い処罰となる「重営倉」入りは、食事の制限や俸給の削減など、厳しい懲罰だった。日数は1～30日。

軍と現地の人々が共存する形で生活していました。

かれらには戦争なんか関係ない。昔からの変わらない暮らしを続けていました。われわれ日本軍は、谷あいの、敵から見つかりにくいところに陣地を作りますが、現地人は山の上や、日当たりのいい丘なんかに住んでいます。連合軍はかれらの集落を爆撃しませんから、問題ないんです。

「聖将」今村均との出会い

水木氏はトペトロの村の人たちとすっかり親しくなり、自分用の畑も作ってもらった。マラリアが再発して高熱を出し、今度ばかりは飯が喉を通らなくなったときは、トペトロが持ってきてくれる果物を食べて快復したという。水木氏はお礼に部隊から毛布を持って行った。軍のものを持ち出すなど、とんでもない重罪だが、意に介さなかった。

この頃、水木氏は今村均陸軍大将に出会っている。今村大将は当時、第八方面軍司令官としてラバウルにあったが、ココボを視察に訪れていたのである。

「ずいぶん血色がいいなあ」

今村大将は水木氏にそう声をかけたという。

するとと上官が、

「この者はとめるのもきかず、現地の者とつきあっておりますので、そのせいかと思われます」

と説明した。今村大将は特にとがめもせず、「そうか」と言って去っていったという。

「今村大将は、やさしいお爺《じい》さんという感じの人でした。太って真っ黒に日に焼けていて、いかめしい感じはぜんぜんありませんでした。前線の状況を見ようと、足を運んできたんでしょう。報告はいろいろとあがってきたでしょうが、実際にはどうなのか、自分の目で確認してまわっていたんですねえ」

実はのちにもう一度、氏は今村大将に会っている。敗戦を迎えた後のことだ。

戦争が終わり、日本に帰れると喜んだが、復員船はなかなか来ない。それまでと同じように、自給のための畑仕事の毎日が続いた。そのうちに、日本にはもう帰れないという噂が流れはじめる。動揺が広がりつつあったころ、突然、今村大将の一行がやってきた。

「長い間ご苦労だった。諸君は、必ず日本に帰すので、安心していてもらいたい」

訓辞に立った今村大将のこの一言で、将兵の動揺はおさまった。水木氏もすっかり安心したという。

「神様に近いような、特別な人でした。いやあ、大将というのはすごい。中将は大勢いるけれど、大将は何人かしかいないでしょ。水木サンは軍隊も軍人もキライですけど、大将は別ですね」

水木氏が出会った今村大将は、聖将と呼ばれた人物で、日本陸軍の軍人の中でも人格者として知られている。昭和一六年、第一六軍司令官としてジャワ島攻略戦を指揮、オランダ、イギリス軍と戦って勝利をおさめた。占領地で敷いた善政は、現在も評価されている。

翌一七年、第八方面軍司令官としてラバウルに着任。飢餓に苦しんだガダルカナル島*の教訓から食料の自給につとめ、みずからも畑を耕した。陸軍大学を首席で卒業したエリート中のエリートだが、温厚な人柄で部下や占領地の住民から慕われた。

敗戦後は、部下が戦犯*として次々と逮捕・勾留《こうりゅう》されるのを見て、自分は逮捕されていないにもかかわらずラバウルの戦犯収容所に入所し、過酷な環境にある部下を力づけた。やがて自身もオーストラリア軍による裁判で禁錮《きんこ》一〇年の判決を受け、巣鴨《すがも》拘置所に送られるが、部下とともに服役したいと占領軍に直訴し、巣鴨よりもはるかに劣悪な条件のマヌス島刑務所へ入所した。

釈放されて帰国した後は、戦闘や戦犯裁判で多くの部下を死なせたことへの贖罪《しょくざい》の念から、自宅の庭に建てた三畳の小屋で暮らした。

自分を幽閉するかのような生活を送り、老いた身体で元部下や遺族のための金策や就職斡旋《あっせん》に奔走したという。なるほど、軍人嫌いの水木氏が「神様」と呼んで尊敬するにふさわしい人物だったといえる。

よほど印象深かったのだろう、水木氏は今村大将がいかに素晴らしい人だったかを繰り返し語った。逆に言うとそれは、普段接していた軍人たちに、深く失望していたということなのかもしれない。

しかしもうひとり、水木氏が懐かしげに語った軍人がいる。

＊ガダルカナル
南太平洋に浮かぶソロモン諸島の島。太平洋戦争中の1942（昭和17）年8月7日から翌年2月7日までの間、この島をめぐって日本軍とアメリカ軍が激戦を繰り広げた。日本軍の死者・行方不明者は2万人以上。その4分の3が餓死および戦病死で、ガダルカナル島は「飢島」とも呼ばれた。

＊戦犯（せんぱん）
「戦争犯罪人」の略。太平洋戦争後、日本の軍、閣僚関係者などは、A級―平和に対する罪、B級―通例の戦争犯罪、C級―人道に対する罪、の3つのカテゴリーで軍事裁判にかけられ、処罰を受けた。B級とC級は実際には区別されず「BC級戦犯」として扱われた。本来はABCで罪の重さの差はない。

遺影を描かせ自殺した中隊長

――水木サンを呼んで、よく絵を描かせていた中隊長がいましてねえ。

水木サンは、戦争にとられる前から画家になろうと思って勉強していましたから、絵が上手《うま》かったんです。その中隊長には、花札の絵を描くのを頼まれたりしていました。あるとき、似顔絵を描いてくれって言うんです。何のためですか、ときいたら、「こんなところに来て、生きて帰れるわけないからなあ」とだけ答えました。

その中隊長は、戦闘が始まる前夜に自殺しました。あのね、戦闘っていうのはね、始まる前の方が、気持ちが悪いものなんですよ。気持ちがザワザワして、不安なんです。いざ始まってしまえば、もう、ものを考える余裕なんかないから、不安も感じない。水木サンなんかは、ひたすら弾の当たらない方へ行くだけです。でも、それまでがものすごく嫌なものなんです。

その中隊長、歳は三七、八歳だったと思います。家は材木屋だと言っていました。水木サンが描いた似顔絵は、軍事郵便で、家族に送っていたんです。遺影の代わりだったんですね。

そうです、水木サンは、遺影を描いたんです。

水木氏に似顔絵を描かせた中隊長は、戦記マンガ『総員玉砕せよ！』に登場する。家が材木屋であることも同じである。また、その後描かれた自伝マンガ『ボクの一生はゲゲゲの楽園だ』（『完全版　水木しげる伝』と改題）にも出てくる。

どちらの作品の中でも、この中隊長は戦闘前夜に自殺することはない。玉砕、つまり全滅を前提とした全員突撃を行おうとする大隊長を、死に急ぐのはばかげているとして諫《いさ》め、持久戦を主張するのである。

大隊長は、実戦経験の少ない若いエリート将校で、戦局が不利になると、粘り強く抵抗しようとはせず、「死に甲斐《がい》」と「美しい死」を求めて玉砕を指示する。この大隊長が、「生き恥をさらすよりは、潔く散るべき」という軍人の美学に酔った人物であるのに対し、中隊長は人生経験を積み、現実的な判断のできる軍人として描かれている。

作品の中で、勝ち目のない突撃で兵士たちを犬死にさせるべきではないという中隊長の意見は容れられず、大隊長は結局、玉砕のための突撃を敢行する。

いざ突撃となったとき、若い大隊長は先頭に立つ。しかし、中隊長以下はまもなく、血気にはやった大隊長を見失ってしまうのである。

水木氏は『総員玉砕せよ！』の中で、主人公の丸山二等兵に、こう呟《つぶや》かせている。

美しく死のうという
美に生きた大隊長は
部下のことをわすれ
たのであろうか
くらやみの中を一人で
ゆきすぎたため
中隊長以下　大隊長
を見失ってしまった
だが彼は先頭に
たっていたことはたしかだ

あとがきによれば、この大隊長は二七歳だったという。彼の頭には自分の大義と美学をまっとうすることしかなく、部下のことがまったく見えないまま、敵にではなく自分の死に向かって突撃していった。そんな軍人が数百人の人間の生命を預かっていたという事実への何ともいえないやりきれなさが、主人公の、この短い呟きに込められている。

水木氏に似顔絵を描かせた中隊長は『総員玉砕せよ！』の中で、戦闘で負傷し、生き残った部下を率いて退却する。

玉砕命令が出ているからには、生きて退却することは本来許されない。しかし中隊長は、部下たちを生かすために、自分の責任において抗命*を犯す。そして、負傷した自分は足手まといになるからと自決するのである。

実際には戦闘前夜に自殺した中隊長を、水木氏が作品の中でこのように描いたのはなぜか。それは、社会経験が豊富で人間味があった実在の中隊長に、このように行動してほしかった、一人くらいはこんな軍人がいてほしかったという思いからではないだろうか。

インタビューの中で、水木氏は一度も、いわゆる正論を吐かなかった。あくまでも〝駄目な二等兵〟の視点から戦争を語り、見出しになるような決め台詞《ぜりふ》や恰好《かっこう》いい言葉はひとつも出てこない。

おそらく氏は「美学」が嫌いなのだ。食べて、排泄して、寝る——戦記マンガの中で繰

＊抗命（こうめい）
命令に逆らうこと。旧軍では上官の命令は絶対とされた。陸海軍刑法の「抗命罪」では、もっとも重い判決では死刑であり、軍内での抗命はまさに命がけの行為だった。

り返しそのことを描いたのも、戦場における「美学」の対抗軸としてではないだろうか。美学に酔って、人間を軽んじた軍人たちへの痛烈な批判がそこにはある。

「みんなこんな気持で　死んで行ったんだなあ」

『総員玉砕せよ！』では、突撃の後、多数の将兵が生き残る。しかし、かれらは存在することを許されない。すでに玉砕が発表されてしまった以上、生きている将兵は、「ラバウル全軍の面汚し」なのである。

かれらは再び玉砕を命じられる。死ぬためだけの、無謀な突撃をさせられるのである。

この二度目の突撃の後、一夜が明けて、丸山二等兵は累々と積み重なった仲間の死体のなかで意識を取り戻す。重傷を負いながらも、一人生き残ったのだ。

茫然《ぼうぜん》として「みんな死んじまったあ」とつぶやいた次の瞬間、敵兵に狙撃《そげき》され、彼も命を落とす。

死の間際の丸山二等兵の、すでに蠅《はえ》がたかりはじめた顔のアップに、作者はこんな言葉を重ねる。

ああ　みんなこんな気持で　死んで行ったんだなあ
誰にみられることもなく　誰に語ることもできず……ただわすれ去られるだけ……

物語は、主人公・丸山の死で終わるが、その後四ページにわたって、おびただしい死体と、時間がたってそれらが骨となった姿が描かれ、作品は幕を閉じる。誰にも看取《みと》られず、何も言い残せず、故郷を遠く離れた南の島で朽ちていった死者たち――。

『総員玉砕せよ！』は、水木しげる氏のいた部隊がたどった運命をほぼ忠実に作品化しているが、作家の足立倫行氏が同書の文庫版に寄せた解説によれば、この二度目の突撃は実際にはなかったという。一度目の突撃で生き残った将兵たちは、二名の将校が自決させられた後、そのまま終戦を迎えている。

また、水木氏自身をモデルとした主人公の丸山二等兵は、作品のなかでは二度目の突撃で戦死するが、実際には水木氏は空爆で左腕を失い、後方の野戦病院に搬送されていたため、一度目も二度目も突撃には参加していない。

前述したように、この物語について水木氏は〈九十パーセントは事実です〉とあとがきで書いている。残りの一〇パーセントが、こうした虚構の部分ということなのだろう。

確かに主人公の死で終わるほうがドラマチックであり、戦争の無惨さを強く印象づける。

しかし水木氏が事実を変えた理由は、それだけではないのかもしれない。

作者は主人公の丸山二等兵に、先に引用した死に際の言葉を言わせたかったのではないか。水木氏に会って話を聞いた後、そう思うようになった。

『総員玉砕せよ！』が描き下ろしで刊行されたのは、水木氏が戦後二六年たって初めてニューギニアを再訪した翌々年のことである。

「場所」には不思議な力がある。おそらく水木氏は、かつての戦地に立ったとき、死者たちの声に耳をすませ、その最期に思いを馳《は》せたにちがいない。

ああ　みんなこんな気持で　死んで行ったんだなあ

今まさに死にゆく丸山二等兵に言わせた言葉は、戦友たちが死んだ場所に立ったときの、水木氏自身の思いでもあるのではないか。だからこそこの台詞は、ほかの兵士ではなく、水木氏の分身である丸山二等兵が言わねばならない言葉だった。

二六年目のニューギニア

戦後二六年目の再訪以後、水木氏は憑《つ》かれたように、十数回にわたってニューギニアを訪れることになる。

学生時代に水木氏のもとで資料調べの手伝いをし、その後も長い親交のある評論家の呉智英氏は、水木氏からニューギニアを訪ねた話を聞いたときのことを、こう書いている。


今、水木しげるは戦後初めてラバウルを再訪した日のことを私に語っている。死んでいった戦友たち、生きのびた自分。

「戦友たちは、うまいものも食えずに若くして死んでいったんですよ。その戦地に立って、ああ、自分はこうして生きていると思うとですなぁ」

水木しげるは確信を込めて言った。

「そう思うとですなぁ、愉快になるんですよ」

私は遠慮なく笑い転げた。目から涙がほとばしった。笑いは止まらないままであった。

「ええ、あんた、愉快になるんですよ。生きとるんですよ、ええ。ラバウルに行ってみて、初めてわかりました」

これほど力強い生命賛歌を私は知らない。生きていることほど愉快なことがこの世にあろうか。歴史は死者で満ちている。しかし、自分は生きているのだ。なんと愉快なことだろう。

（呉智英『犬儒派だもの』より）

水木氏は戦争体験を語るとき、決して悲愴《ひそう》な顔をしないし、もっともらしいことも言わない。そして、ときに顰蹙《ひんしゅく》を買いそうなくらい率直である。〈愉快〉という言葉には、一瞬、エッ⁉と思わされるが、これは呉氏の言うように、実に率直な生命賛歌であって、死者を軽く見ているわけではない。むしろ逆である。

やはり水木氏と親交があり、海外への旅に同行もしている足立倫行氏は、水木氏の自宅でニューギニア訪問のビデオを延々と見せられたときのことを、こう書いている。

ビデオが終わった後、水木氏はいたずらっぽい顔付きで笑って言った。

「私、戦後二十年くらいは他人に同情しなかったんですよ。戦争で死んだ人間が一番かわいそうだと思ってましたからね、ワハハ」

そうだろうと、私は深く頷《うなず》いた。

（『総員玉砕せよ！』解説より）

この〈戦争で死んだ人間が一番かわいそう〉という言葉と、呉氏に言ったという〈ええ、あんた、愉快になるんですよ〉という言葉は表裏一体のものだ。

どちらも、戦後にニューギニアを訪れたときの話をする中で出てきた言葉である。かつての戦場に立ったとき、氏は自分が生き残ったことの不思議さと、いま生きていることの幸運を改めてかみしめたのだろう。

『総員玉砕せよ!』の文庫版のあとがきのなかで、水木氏はこう書いている。

死人(戦死者)に口はない。ぼくは戦記物をかくとわけのわからない怒りがこみ上げてきて仕方がない。多分戦死者の霊がそうさせるのではないかと思う。

生きていることが愉快だと笑う水木氏の戦後の人生の中に、やはり死者は存在している。怒りがこみ上げてくる理由について〈戦死者の霊がそうさせる〉と書いているが、これは、ほかでもない水木氏自身が、死者のために怒っているのだろう。

自伝マンガ『ボクの一生はゲゲゲの楽園だ』の中で、昭和天皇が崩御し、昭和が終わったときの心境を、水木氏はこう書いている。

昭和から「平成」になって　なぜかボクの心も平静になった　それはあの戦争へのやり場のないいいかりから解放されたような気になったからであろう

戦争中はすべて天皇の名ではじめられ　兵隊もその名でいじめられたものだから　ついやり場のないイカリを　天皇には悪いけど　なんとなく無意識に〝天皇〟にむけていたのだった　それがなくなってしまったのだ

ニューギニアを再訪したとき、氏はまず中隊の本部があった場所に行ったという。周囲の景色は昔のままだったが、本部の跡は残っていない。

一緒に行ったかつての上官と、周辺にあった飯ごうや水筒などの遺品を集め、花や煙草を供えて酒をかけた。すると、たくさんの蝶《ちょう》が集まってきた。

「酒の匂いのせいかとも思うんですが、いつまでも去ろうとしないで、あたりを舞っているのを見ていると、死んだ戦友たちの霊のような気がしましてねえ」

そう水木氏は語った。

死の世界と生の世界を往還した日々

『総員玉砕せよ!』の後、水木氏は戦記ものを一本も描いていない。

その理由について尋ねると、氏は、

「時間がたって記憶が薄れてしまっては、正確に描くことができませんから。これからはもう、戦争の話は描かないでしょう」

と答えた。

そうだったのかと私は思った。

水木氏は戦場を舞台にしたドラマを描こうとしたのではない。戦場とはどんな場所だったのかを「正確に」記録しておこうとしたのだ。それは、戦争の記録であると同時に、死者たちの記録でもある。

「だからねえ、あれ（『総員玉砕せよ！』）を描いておいてよかったと、いま思うんですよ」

水木氏はしみじみと言った。

私が水木氏に話を聞いたときは、呉氏に言ったという〈愉快〉という言葉は出てこなかったが、大勢が死んだ中で自分は生きのびたことが、戦後の人生にどんな影響を与えたかと訊《き》くと、こんな答えが返ってきた。

「幸せに暮らす、という方針になりました」

戦争を経てわかったことは、人間はただ幸せに生きればいい、ということだったという。

これは、もともとの水木氏の資質や性格に負うところも大きかったろうが、軍隊生活の終わりに、生きていることがそのまま喜びである人々に出会ったことも関係しているにちがいない。

ただ生き、ただ楽しめばよい。いのちは善であり、喜びである——何も言わないまま、それを体現していたのが、トペトロやイカリエン、エプぺをはじめとする、ナマレの人たちだった。

戦場のすぐ隣でこのような人々がのんびりと暮らしていることの不思議さ。それは、地獄の隣に天国があったに等しいことだったろう。上官の命令を無視し、重営倉に入れられそうになりながらも、かれらの村に入り浸ることをやめなかった水木氏は、死の世界と生の世界を日々、往還していたことになる。

——すぐそばで戦争をやっていても、かれらには関係ない。自分たちが戦争をやっているわけではないですからね。変わらない暮らしです。別に不安はないのです。かれらには進んだ文化はないですが、こういうところは住むのにたいへん具合がいい。

水木サンは、かれらからパウロと呼ばれるようになりました。かれらの小屋に、かつて宣教師が持ち込んだらしい聖書があって、ローマ字でわかる部分を声に出して読んでいたら、パウロという名前がやたら出てきた。それで、パウロになったんです。

シンシンという、祭りの踊りがありましてね。その季節が近づくと、みんながうきうき、そわそわしてくる。水木サンはその踊りをぜひ見たいと思っていまして、さそってくれるように頼んでいました。

ある日、トペトロとエプペがやってきて、シンシンがはじまるという。喜びいさんで見に行きました。大勢の人々が大地を踏みならして絶叫する踊りに、水木サンはたいへん昂《こう》奮《ふん》しました。女の人たちの踊りのときは、男たちがトカゲの革の太鼓をドンドコ叩《たた》きます。いや、実にすばらしい踊りでした。このシンシンを、水木サンは特等席で見せてもらったんです。

戦争が終わったとき、水木サンはかれらから、ここに残れと言われました。畑ももっと広くしてやるし家も建ててやる、嫁さんも世話してやる、脱走してこい、と。

それもいいかなあと、そのとき水木サンは思いました。みんなとトモダチになったし、景色はきれいだし、のんびり暮らせるし。自分に合ったところだと思ったんですな。それで、水木サンに理解のあった軍医殿に、このままここに残りたい、現地除隊*したいと相談してみたんです。

人はみな、許されて存在している

——軍医殿は驚き、とにかく一度日本に帰ったらどうだと水木サンを説得しました。まずは無事な顔を親に見せて、それから今後のことをよく相談しろと言うんです。たしかにそうかもしれないと思い、水木サンはみんなに別れを告げに行きました。みんなは悲しんで、別れの宴《うたげ》に大事な犬を一頭つぶして振る舞ってくれました。これは大変なご馳走《ちそう》です。

固く握手をする水木サンと現地人たちを、部隊のみんなは、理解できないという顔で見ていました。

水木サンは一〇年たったらかならず会いに来るからと、かれらに約束したんです。実際には、ふたたびニューギニアに渡ってトペトロたちの村を訪ねるまでに、二六年かかってしまいましたけれどもね。

水木氏以外の将兵たちは、すぐ隣にいた現地人たちの存在を気にも留めなかった。別の生き方をする人たちの存在が見えていなかったのである。

水木氏に、あのままナマレの村で暮らしていたらどうだったでしょう、と訊いてみた。

「あっちのほうがよかったでしょうねえ。幸せに暮らすということからいうと、あっちの人たちのほうが上ですから」

かれらにもそれなりの苦労はあるけれど、それでもみんなノンキに生きていると氏は言う。自然に生かしてもらっているから、必要以上にいろいろな心配をしなくていいのだと。

「自然から許されて存在しているというんでしょうかねえ。そういう感覚を、意識しなくても、みんなが持っている。幸福度が高いのは、当たり前ですよ」

再訪したナマレの村では、老人だったイカリエンは亡くなっていたが、トペトロやエプペが歓迎してくれたという。

水木氏は平成二一年春、八七歳になった。

「アナタ、やっぱりお金は大切ですよ。若い人や中年の人を見ても、うらやましくないです。若いときは身体は元気でも金がない。水木サンもそうでした。今は歳をとったけど、

＊現地除隊（げんちじょたい）
「除隊」とは、兵役任期の満了、負傷あるいは懲戒によって軍隊を離れること。将校の場合は「退役」といった。「現地除隊」は戦地にいるままで、終戦などにより軍務を離れることをいう。

お金の心配がない。だからここ二、三年、急に楽しい気持ちがわいてきたんです」

「死ぬのは怖いです。水木サンは子どもの頃から死に興味があったから、いろいろと読んだり話を聞いたりして、死って何だろうと考えてきました。戦場では死んだ人をたくさん見て、自分も死にかけて。そうやって八〇年以上も生きてきましたけど、やっぱり死ぬのはいやです。怖いんです」

戦争の話以外で氏の口からいちばん多く語られたのは、お金の話と自身の死の話だった。ファンタジックな妖怪の世界を描き続けてきたが、本人は大いなるリアリストなのである。

そんな水木氏が、最後にしみじみと言った。

「みんな自分で生きていると思っていますが、本当は生かされているんです。自分の意思ではないものの力によって、生かされている。少なく見積もっても、人生の一、二割はそうです。実感として、そう思います」

マリアナ沖海戦、レイテ沖海戦、そして沖縄特攻。
二〇歳の頃に経験したことに比べれば、
戦後にやったことなんか大したことない。
――池田武邦

「矢矧」艦上にて

池田武邦（いけだ・たけくに）

一九二四（大正一三）年生まれ。高知県出身。建築家。現在、長崎総合科学大学名誉教授。戦時中は軽巡洋艦「矢《や》矧《はぎ》」の乗員としてマリアナ沖海戦、レイテ沖海戦、沖縄海上特攻を経験。戦後、東京帝國大学工学部建築学科に学び、霞が関ビル、京王プラザホテル、新宿三井ビル、ハウステンボスなどを手がける。

建築家・池田武邦氏の自宅は、長崎県大村湾の小さな岬の突端にある。板張りのテラスに出ると、おだやかな波がすぐ足下まで寄せてくる。三方が海に囲まれ、海辺に建っているというより、家自体が海に張り出しているといった感じだ。潮の干満が肌で感じられる家である。

この地に池田氏を訪ねたのは、平成二一年二月初旬のことだった。雲ひとつなく晴れわたった暖かい日で、インタビューはテラスでやりましょうということになった。海に向かってふたつ並んだ椅子に腰かけて、話を聞いた。

「こんなに海が近い家は初めてです」

私が言うと、池田氏は、

「この海は、サイパンにもレイテにも沖縄にも、つながっているんですよ」

と答えた。そしてこう付け加えた。

「僕はずいぶん、仲間を水葬*にしたから」

戦争中は海軍士官だった。軽巡洋艦「矢矧」の乗員として、マリアナ沖海戦、レイテ沖海戦、天一号作戦を戦った。天一号作戦とは、戦艦「大和」とともに出撃した、いわゆる沖縄海上特攻である。大きな犠牲を出した三つの海戦を経験し、いずれも生き残った。

沖縄海上特攻のとき二一歳だった池田氏は、八五歳。死者たちのいる海と向き合って暮らしている。

最新鋭の巡洋艦「矢矧」

建築家としての池田氏は、日本の超高層ビル設計の草分け的存在である。

戦後、ニューギニア方面で生き残った日本軍の将兵を内地に送還する復員業務に従事した後、二二歳で東京帝國大学（現・東京大学）に入学、建築を学んだ。卒業後は山下寿郎設計事務所に入り、一一年目に日本初の超高層ビルである霞が関ビルの設計をチーフとして手がけている。

昭和四二年、日本設計事務所（現・日本設計）を設立。京王プラザホテル、新宿三井ビルなどを設計し、超高層ビルの時代を切りひらいた。その他、筑波研究学園都市工業技術院筑波研究センター、新橋演舞場など、日本を代表する建築物の設計総括責任者をつとめている。

近年では、地域の生態系や伝統的な生活様式を尊重したエコロジカルな都市づくりを提唱、実践している。日本建築界を牽引《けんいん》してきた池田氏だが、こうした建築家としての実績について聞くと、「どうってことはないです」と言う。謙遜《けんそん》でも照れでもない。わざとシニカルな言い方をしているのでもない。

「矢矧に乗っていた一年間に比べると、戦後にやったことなんか、本当に大したことないんです。そりゃあ、日本の復興のために役に立ちたいと思って自分なりに一生懸命やりましたよ。でも個人的には、あの一年間に経験したことには遠く及びません」

人生が凝縮したような日々を、誰でも生涯に一度は持つ。それが人生のどの時期にやってくるかは人によって違うが、池田氏にとっては「矢矧」とともにあった二〇代最初の一年間だった。

「矢矧」は、当時、最新鋭の軽巡洋艦だった。戦艦「大和」の沖縄海上特攻は、戦記のみ

＊軽巡洋艦（けいじゅんようかん）

「巡洋艦」は、「戦艦」より軽快・高速で航続能力に富む軍艦の一種。「軽巡洋艦」と「重巡洋艦」があり、重巡洋艦の定義は、1922年で締結された「ワシントン海軍軍縮条約」によれば、5～8インチの砲備をもつ1万トン以下の艦であり、これに比較して「軽巡洋艦」は小型で、装備も軽装であった。日本海軍の軽巡洋艦には川の名前が、重巡洋艦には山の名前がつけられている。

ならず、小説や映画、漫画などで何度も取り上げられ、日本人なら誰もが知っているが、「大和」とともに出撃し、「大和」が沈む一八分前に沈んだこの艦のことを知っている人はほとんどいない。

「矢矧」は、米軍が〈戦艦と同じくらいタフ〉(吉田満・原勝洋『ドキュメント戦艦大和』より)と評した艦だった。爆弾一二発、魚雷七本を受けてようやく沈んだ。

沈没を目撃した米軍の中尉は、次のように報告している。


日本艦隊の各艦は、どれも蛇の巣のような形の航跡を描いてのたうちまわっていたが、矢矧の原為一艦長はただ走りまわるだけではなく、勇敢にも主力部隊から遠ざかるように、艦を走らせたのではないかと思われる。彼は熟慮して、殺到する米軍機を自分の方向に向けさせるように、大切な「大和」から遠ざけるように行動したのだ。そしてこうした応急措置を講じた上で、みずから犠牲となって撃沈されることに成功したのだ。

(前掲書)


池田氏にインタビューをした一か月後、広島県を訪れる機会があった私は、呉市にある「大和ミュージアム」に行ってみた。「矢矧」に関する展示があるのではないかと期待してのことである。

平成一七年にオープンしたここは、連日多数の見学者が訪れる人気の博物館だ。目玉は「大和」の一〇分の一サイズの精巧な模型だが、そのほかの展示内容も充実しており、解説もわかりやすく的確である。日本の軍事史のみならず、産業史の一端も垣間《かいま》見える構成になっていて、単に「大和」人気を当て込んで造られた施設ではないことがわかる。

しかし、私が期待していた「矢矧」に関する展示はほとんどなかった。目をひいたのは、進水式の際に綱を切るのに使われたという斧《おの》くらいだ。銀無垢《むく》の美しい斧で、高松宮の遺品の中から寄贈されたものだという。

大和ミュージアムは、「大和」が建造された呉市——かつて海軍工廠《こうしょう》があった——が造った博物館で、造船の町として発展してきた呉市の歴史をたどるという役割も担っている。一方、「矢矧」は佐世保で誕生した艦であり、この博物館が「矢矧」にほとんどふれていないのは、そのせいもあるのだろう。

しかし、池田氏の話を聞いた後だっただけに、私にとってそれは、少なからず残念なことだった。海上特攻を行ったのは「大和」だけではなく、共に戦った多くの艦艇があったのだ。

昭和二〇年四月六日、「大和」とともに出撃した艦艇は、第二水雷戦隊の旗艦*「矢矧」、第四一駆逐隊「冬月《ふゆづき》」「涼月《すずつき》」、第一七駆逐隊「磯風《いそかぜ》」「浜風《はまかぜ》」「雪風《ゆきかぜ》」、第二一駆逐隊「朝霜《あさしも》」「霞《かすみ》」「初霜《はつしも》」の九隻である。

このうち「矢矧」「磯風」「浜風」「朝霜」「霞」は沈没。「大和」以外の艦艇の戦死者数は、一〇二六名に及んでいる。

これらの艦艇に光が当たることはほとんどない。中でも「矢矧」は、第二水雷戦隊の旗艦であったにもかかわらず、その存在を知る人は、当時からほとんどいなかったという。

「矢矧は、極秘のうちに誕生した艦なんです」

そう池田氏は言う。

昭和一六年の開戦以降に進水*した軍艦はすべて、機密保持のため、一般国民には秘密にされた。「矢矧」の進水は昭和一七年一〇月。翌一八年一二月に竣工*《しゅんこう》、引き渡され、艦隊に配備されている。

「戦後しばらくして、矢矧の進水式に立ち会った方から、そのときに配られた記念の酒盃《しゅはい》を分けてもらいました。そこには矢矧という名は記されておらず、そのかわりに、矢に萩の花をあしらった絵が描かれていました」

存在を隠された「矢矧」は、艦名もまた秘密であり、絵によってその名を伝える工夫がなされていたのである。

そういえば、大和ミュージアムに展示されていた「矢矧」の進水式の斧にも艦名がなかった。柄に「佐世保海軍工廠」と刻まれていただけである。ほかに重巡洋艦「青葉」の進水式に使われた斧も展示されていたが、その柄には、平仮名で「あおば」と艦名が記されていた。

「誕生だけではありません。矢矧はその最期もまた、残酷なほどに秘密にされました」

沖縄海上特攻の際、「矢矧」の生存者は、沈没をまぬがれた駆逐艦「冬月」に救助された。池田氏は、重油に厚くおおわれた海面を五時間あまり漂った後に救助されたが、同じ

＊旗艦（きかん）
艦隊の司令官、司令長官が乗船して指揮を執る軍艦。ｆｌａｇｓｈｉｐ。

＊進水（しんすい）
新しく建造した艦船を、陸上の造船台から水上に浮かべること。このとき進水式が行われ、同時に船の名前も命名する。この時点ではの船はまだ完成したわけではなく、細かい装備などは進水の後に行われる（これを「艤装（ぎそう）」という）。

＊竣工（しゅんこう）
工事が完成すること。艦船の場合、進水したのちに艤装を済ませ、完成させた状態を「竣工」という。「竣功」とも書く。

ように傷を負って艦内に収容された仲間のうち、佐世保港に帰投するまでに亡くなった者が何人もいた。

かれらの遺体は上甲板の狭い倉庫に積み上げられたが、佐世保に着いたとき、死後硬直した手足を無理やり折り曲げ、釘樽《くぎだる》に入れられた。棺桶《かんおけ》が不足していたのではなく、機密保持のために物資を装って陸揚げしたのだと池田氏は言う。

「矢矧という名も、そこで戦って死んだ多くの英霊*がいたことも、一切秘密のまま、矢矧という艦は一生を終えたんです」

海上特攻で亡くなった「矢矧」の乗組員は四四六名。生存者たちは一時、佐世保海軍病院浦頭消毒所の一画に軟禁収容された。作戦失敗の機密保持のためだった。

水底深く眠る死者たちの名前

池田氏は大正一三年生まれ。昭和一八年九月に海軍兵学校*を卒業している。

氏は七二期生だが、海軍兵学校では同期生（クラスメート）であることが大きな意味をもつ。陸軍士官学校*でも同様だが、海軍のほうが人数が少ないこともあり、その結びつきは非常に強い。

私は以前、軍人の遺書について調べてみたことがあるが、海軍兵学校出身の軍人の遺書では、事後のことをクラスメートやクラス会に託すと書いてあるものを多く目にする。陸軍の軍人にはあまり見られないことだ。

たとえば、開戦時に聯合《れんごう》艦隊司令長官だった山本五十六《いそろく》の死後、机の中から見つかった「遺品処理の件」と記された文書には、次のような一節がある。

＊英霊（えいれい）
広い意味では生前に活躍した人の死霊を敬っていう美称だが、狭義では戦死者の霊をいう。

＊海軍兵学校（かいぐんへいがっこう）
広島県江田島にあった、大日本帝国海軍の将校を養成するための学校。1869（明治2）年創立。太平洋戦争終戦とともに閉校するまでの77年間で、1万1000人以上の海軍士官を輩出した。16～19歳で入学、教育期間は4年制から2年制と、時代により違っていた。

＊陸軍士官学校（りくぐんしかんがっこう）
陸軍の士官を養成する学校で、イギリスの「王立陸軍士官学校」、アメリカの「合衆国陸軍士官学校（通称ウエストポイント）」など、軍隊がある国のほとんどにある。大日本帝国陸軍の場合、16～19歳で入学し、20～21歳で卒業。卒業後は「曹長」になり、半年で「少尉」に昇進した。

一、機密漏洩の虞《おそれ》あるに付、私品と認めらるる書籍、書類、手紙等一切は、級《クラス》会幹事堀中将指定の場所へ御届願上度。

また、戦争末期に海軍大臣・米内光政を助け、海軍次官として和平工作に尽力した井上成美が、昭和八年、もしものときのことを考えてしたためた遺書があるが、その表書きには〈井上成美遺書　本人死亡せばクラス会幹事開封ありたし〉と記されている。誰よりも強く結びつき、深くわかり合える存在。それが兵学校のクラスメートなのだと池田氏も言う。

「私のクラスメートは全部で六二五名。そのうち、終戦のときに生きていたのは二九〇名です。三三五名が戦死しています。卒業から終戦まで二年足らずの間に、半数以上が死んでしまった。みな、二〇歳前後の若さでした」

池田氏は奥の部屋へ行き、一冊の日記帳を手に戻ってきた。今年のものである。ぱらぱらとページをめくって見せてくれる。ところどころに、赤いペンで書き込みがしてあった。日付の横に記されたそれは、その日が命日に当たるクラスメートの名前であった。乗っていた艦艇や飛行機の種類、亡くなった場所も書かれている。戦死したクラスメート全員の命日を、毎年こうして日記帳に記しているのだという。

「同じ日に複数のクラスメートが亡くなっている日もあります。四月と一〇月が多いですね。今日は誰々の命日だ、と海を見ながら思い出す。顔を思い浮かべて、心の中で会話をします。飛行機で死んだ者もたくさんいますが、かれらの多くも海に眠っていますからね」

池田氏は高知県に生まれ、神奈川県藤沢市で育った。湘南中学を経て、昭和一五年一二月に海軍兵学校に入校。真珠湾攻撃の一年前だが、中国大陸ではすでに戦争が始まっていた。職業軍人を志すことは、近い将来に戦場に行くことを意味していた。

池田氏の父は海軍軍人で、山本五十六や、海相を務めた嶋田繁太郎と同期の海兵三二期。戦艦「伊勢《いせ》」の艦長を最後に予備役に入っている。その父の影響で海軍に憧《あこが》れていたが、幼少期は身体が弱く、泣き虫だったという。

――お正月が来ると、今年こそは泣くまいと誓うんですが、三日ともたなかった。小さい頃はそんなだったんですよ。喧嘩《けんか》なんか絶対にできないような、気の弱い子供でした。それが、兵学校に入ってからは、自分でもはっきりわかるほど変わりました。鍛えられましたね。

いま思うと、兵学校っていうのは、禅寺の修行みたいなものでね。勉強や運動ができても、それだけではいけない。戦場でとっさに判断して行動するためには、自己を捨てないと駄目なんです。一番危険なところに真っ先に行く。それも、血気にはやってというのではなく、冷静沈着に、腹の据わった状態で、身体が反射的に動かないといけない。二〇歳やそこらで、それができるようにならないといけないんだから、教える側も教えられる側も、そりゃあ必死です。卒業したらすぐに部下を持つ立場ですからね。

僕らが卒業した昭和一八年九月は、ガダルカナルがやられて、日本が守勢に回った頃でした。上のクラスは勝ち戦を経験しているけれど、僕らのクラスは、最初から負け戦の中に出て行ったんです。

卒業後の初級士官教育では、戦艦「伊勢」に乗ってトラック島に向かいました。当時のトラック島はまだのどかで、内地の延長のようでしたが、それから半年もたたない翌一九年の二月には、米軍の大空襲を受けて多くの艦船や航空機が失われることになります。

マリアナ沖海戦で見たもの

昭和一八年一一月、池田氏は少尉候補生の艤装《ぎそう》員として「矢矧」に着任する。当時「矢矧」は、日本海軍の最新鋭の軽巡洋艦として、最後の艤装に昼夜の別なく突貫工事を行っている最中だった。艤装とは、船体が完成し進水を終えた後、航海や戦闘に必要な装備を取り付けることである。

同年一二月、「矢矧」が完成すると同時に、池田氏は航海士*に任命された。二〇歳になる直前のことである。以後、昭和二〇年四月、沖縄海上特攻で沈没するまで、氏は「矢矧」とともに戦った。マリアナ沖海戦とレイテ沖海戦では航海士として、沖縄海上特攻では第四分隊長兼測的長として、すべての戦闘を艦橋で経験しているため、戦闘の状況をつぶさに見ている。完成前から沈没まで、氏はまさに「矢矧」の全生涯を見届けたことになる。

池田氏が最初に体験した海戦であるマリアナ沖海戦は、日本艦隊と米機動部隊との一大海戦である。

昭和一九年六月一五日、米軍はマリアナ諸島のサイパン島に上陸を開始した。圧倒的な戦力で米軍がサイパン島の日本軍を凌駕《りょうが》しつつあった一九日、サイパン島にほど近いマリ

*航海士（こうかいし）
安全で効率的な航海の成就を担い、船舶の位置の確認、気象・海象・潮流に関する判断と予測、船の速度の決定などを行う。

アナ沖で、この海戦は始まった。

当時、開戦当初の快進撃から一転して大きく劣勢に傾いていた日本軍は、「あ号作戦」と名づけて準備してきたこの海戦で、一気に反攻に出ようとした。そのために、空母九隻、「大和」「武蔵」などの戦艦五隻をはじめ、重巡洋艦一一隻、軽巡洋艦二隻、駆逐艦二九隻、搭載機四九八機と、当時の日本海軍に可能な最大限の編制でのぞんだのである。

しかし、対する米機動部隊の戦力は、その約二倍だった。日本は惨敗し、「大和」「武蔵」は無事だったものの、航空機の大半を失ってしまう。

それまでの快進撃が劣勢に転じるきっかけとなったミッドウェー海戦から二年、日本海軍が起死回生の望みをかけて養成してきた聯合艦隊は、ここに事実上の終焉《しゅうえん》を迎えたのだった。

そして、この海戦の勝利によって米軍は、中部太平洋の制空権、制海権を手中に収めることとなった。

――マリアナ沖海戦での「矢矧」は、ほぼ無傷で死傷者もありませんでしたが、目の前で空母「翔鶴《しょうかく》」が炎に包まれ沈没するのを目撃したんです。

「矢矧」では内火艇やカッター（短艇）など、すべての救助艇を出して「翔鶴」の乗員の救助に当たりました。一〇〇名以上を救助したと思います。むごたらしく焼けただれ、あるいは油煙で真っ黒になった遺体。負傷者のうめき声。それは生き地獄のような光景でした。

そうか、戦争の現実とはこういうものなのか――。初めて戦闘を経験した僕は、自分がいままで、戦争というものをイメージだけでとらえていたということを痛感させられました。壮烈な戦死、というのは言葉だけのもので、戦場の死はひたすら無惨なものだと知ったんです。

このマリアナ沖海戦のとき、池田氏は航海士として自艦の位置や方向を示すのと同時に、艦の行動を記録する任務を負っていた。

何時何分に艦長がどのような指令を出したか。どんな攻撃を受けたか。他艦からはどんな通信が来たのか。のちに「戦闘詳報*」の原案となる重要な記録である。

＊戦闘詳報（せんとうしょうほう）
旧日本軍において、戦闘や作戦実行の後、個別の部隊や艦船ごとにその詳細や結果を記して司令部に提出した報告書。

――戦闘が終わった後で、記録を整理していると、誤字脱字はあるし、同じことを二度書いている部分もある。気持ちがうわずっていたことがよくわかるんです。自分では冷静なつもりだったんですが、やはり緊張して、上がっていたんですね。われながら恥ずかしくなりました。

ところが、「矢矧」が次に戦ったレイテ沖海戦のときは、直撃弾を受けて多数の死傷者が出たにもかかわらず、後で自分の書いた記録を見ると、非常に冷静なんです。誤字脱字もなく、内容もちゃんとしている。これには自分でも驚きました。

マリアナ沖海戦からレイテ沖海戦まで、約四か月しかありません。それなのに、自分でもわかるほど成長していたんです。仲間の死体が足下に転がり、隣にいた者が撃たれた血しぶきが僕の身体にかかっている。弾も飛んでくる。そんな状態なのに、冷静に記録をとっている。同じ二〇歳でも、マリアナのときとレイテのときでは、われながら別人のようでした。

ああ、人はこんなふうにして成長するんだ――そう思いましたね。いくら訓練をやっても、生命のかかった実戦の経験には及ばないんだと。

クラスメートを失ったレイテ沖海戦

レイテ沖海戦で「矢矧」は、米駆逐艦ジョンストンを撃沈。この戦いで直撃弾および敵機の銃撃によって損傷を受けたが、航海に支障はなかった。

マリアナ沖海戦と同様、負け戦であったレイテ沖海戦でも「矢矧」は沈まなかった。しかし、この海戦で池田氏は、「矢矧」に同乗していた唯一のクラスメートを失うことになる。

「同じ艦にクラスメートが一人いるということが、どんなに心強かったか……。彼を水葬にしたときのことは、忘れられません」

レイテ沖海戦とは、昭和一九年一〇月、フィリピン中部に位置するレイテ島を目指す米軍と、これを撃退しようとする日本軍が戦った海戦である。

「矢矧」も参加した同年六月のマリアナ沖海戦の敗退、続くサイパン島の失陥は、日本軍にとって決定的な痛手だった。これによって米軍はサイパン島の航空基地からB29によって日本本土を爆撃することができるようになり、本土を守る防衛線に大きな穴があいたことになる。

米軍はさらに台湾、フィリピンを攻略し、本土に向けて攻めのぼってくることが予想され、大本営はこうした事態に対処するために「捷号《しょうごう》作戦」と名づけた作戦計画を立案した。

「捷号作戦」の内容は、フィリピン、台湾、南西諸島、本土、千島にわたる海洋第一線の防備を強化し、これらの地のいずれかに敵が来攻すれば、陸海空の戦力を結集して迎え撃ち、撃砕するというものだった。この作戦は、米軍の進攻方向によって、四つに区分されていた。

○捷一号作戦――フィリピン
○捷二号作戦――台湾・南西諸島
○捷三号作戦――九州・四国・本州
○捷四号作戦――北海道

この「捷一号作戦」にもとづく戦いが、レイテ沖海戦だった。

昭和一九年一〇月一七日、レイテ湾の入り口にあるスルアン島に米軍が上陸を開始。聯合艦隊司令部は、捷一号作戦を発動した。日本海軍が、空母四、航空戦艦二、戦艦七、重巡洋艦一三、軽巡洋艦六など、残された艦船のほとんどを投入した一大海戦が始まったのである。

一〇月一八日、栗田健男中将率いる聯合艦隊第一遊撃部隊は、リンガ泊地（シンガポール南方のリンガ諸島とスマトラ島との間にあった艦艇停泊地）からレイテ湾に向けて出発した。「矢矧」は、この栗田艦隊の第一〇戦隊旗艦として、この日、「大和」「武蔵」「長門」などとともに出撃している。

「マリアナ沖海戦の後、私たちは栗田中将のもと、赤道直下のリンガ泊地で激しい訓練に明け暮れてきました。すべては、敵のフィリピン進攻を阻止するためでした」

リンガ泊地を出撃した第一遊撃部隊は、一〇月二〇日にブルネイ湾奥の錨地《びょうち》*に到着。ここで燃料補給と最終的な作戦打ち合わせが行われ、「矢矧」が先頭に立ってレイテ湾に突入することが決定された。

ブルネイを出撃したのは一〇月二二日。翌一〇月二三日から二六日まで、四日間にわたって激しい戦闘が繰り広げられた。池田氏のクラスメート、伊藤比良雄中尉が被弾し重傷を負ったのは、二五日のサマール島沖での戦闘のときである。

＊錨地（びょうち）
船が錨を下ろして碇泊する所。

二四日のシブヤン海における戦闘で、栗田艦隊は戦艦「武蔵」を失っていた。「矢矧」も米軍艦載機の急降下爆撃によって、右舷《うげん》艦首に直径四メートルの穴があき、その付近の舷側にも被弾によって大小の穴があいた。

その応急処置がようやく完了した二五日朝、敵を求めつつ、レイテ湾口を目指して南下する途中、米軍の艦船群を発見する。午前六時半ごろのことだった。

射程の長い「大和」が、まずその巨大な砲門を開く。激しい戦闘が始まった。

——戦闘中の僕の仕事は、艦橋にいて「大和」との信号の授受や「矢矧」の艦位の測定を行うこと。さらに、敵の攻撃、わが方の戦闘、艦長の命令などの時刻と内容を記録することでした。

後部見張員から「グラマン三機急降下!」と伝声管を通じて報告が入ったのは、午前七時二五分のことです。

前日の戦闘で経験したように、急降下の爆弾投下があると思って身構えましたが、敵は爆弾を投下するのではなく、*機銃掃射を浴びせてきました。おそらく栗田艦隊に突然遭遇したため、爆弾や魚雷を装備しないまま、あわてて母艦を飛び立ったのだと思います。

「矢矧」の艦上で機銃掃射を受けるのは初めてのことで、みな反射的に物陰に隠れて身を守りましたが、この銃撃で、僕のすぐ隣にいた兵曹長がやられました。機銃弾が腹部を貫通したのです。鮮血が僕にも散りかかってきました。その横では下士官と水兵が、それぞれ腕と胸部に銃創を負って倒れていました。

艦橋は負傷者であふれ、見ると、航海長の戦闘帽の顎《あご》ひもに、血と肉片がべっとりとついています。一瞬驚きましたが、本人は負傷しておらず、撃たれたほかの者の身体から飛び散ったもののようでした。航海長は顔色ひとつ変えずに操艦を続けていました。

実はこのときの銃撃で、伊藤中尉も重傷を負っていたのです。彼は高角砲*の指揮官でした。僕がいた場所から十数メートルのところにいたのですが、指揮系統が異なることもあり、僕が彼の負傷を知ったのは、敵の攻撃が収まった夕刻になってからでした。

＊機銃掃射（きじゅうそうしゃ）
機関銃を撃ちながら左右あるいは上下に銃口を動かし、敵をなぎ払うように射撃すること。とくに戦闘機が地上や艦船上の敵を撃つときに使うことが多い。
＊高角砲（こうかくほう）
対空砲の旧海軍における呼称。旧陸軍では「高射砲」といった。

生と死が同居する軍艦という場所

――午前九時、敵の駆逐艦の砲弾が命中、火災が発生しました。空からの攻撃もますます激しく、艦内は轟音《ごうおん》と火煙に包まれて、戦友の遺体を運ぶこともままならない状態です。次の瞬間には、自分も生命を失っているかもしれない――いま自分の横に倒れて死んでいる戦友は、もうじき自分がそうなるであろう姿であり、生も死も同じだと、そのときの僕は感じていました。

艦橋の床は、海水をかぶってもすべらないように、格子状になっています。格子の下は、いつもは海水で濡《ぬ》れているんですが、このときはそれが血なんですね。それも大量の血で、船が傾斜するたびに、右へ左へ流れる。その匂いが、生臭くて実に強烈なんです。血の匂いと、それから硝煙の匂い。あれは戦場に独特のもので、いまも忘れられません。血なまぐさいというのは、まさにああいう匂いなんですね。

戦争映画を見ると、よく思うんです。どんなにリアルに戦闘場面を描いていても、あの匂いだけは、映画では再現できない。だから僕たちにとっては、やっぱり違うんですよ、たとえものすごくよくできた映画でも。

戦闘が一段落したとき、ふと空腹を感じて、籠《かご》に盛ってある乾パンに手を伸ばしました。作戦行動に入ったら食事などできませんから、いつでも手に取れるように、乾パンが置いてあるんです。

乾パンの表面は、飛び散った血でどす黒く汚れていました。僕は、手でより分けて、なるべく血がついていないものを取り、口に運びました。

池田氏は、その乾パンを噛《かじ》りながら、記録を整理した。

この日の戦闘が終了したのは、午後六時半。米機動部隊は東方の洋上に遠ざかり、「矢矧」を含む艦隊は隊伍《たいご》をととのえ、ブルネイ泊地に向けて帰路についた。

兵器の損傷と人員の被害が艦橋にいる艦長に報告され、池田氏はそのとき初めて、伊藤中尉が重傷を負ったことを知る。

池田氏は、現在の艦位を海図に記入し、この後通過する予定のサン・ベルナルジノ海峡にさしかかる時刻を計算してから、航海長の許可を得て艦橋を離れた。伊藤中尉を見舞うためである。

艦橋から降りるラッタル（階段）は、らせん状の梯子《はしご》のようになっていて、身体を斜めにしてやっと通れるくらいの狭さだ。ステップには流れた血がこびりつき、壁面にはいくつもの弾痕《だんこん》があった。池田氏は上甲板に降り、さらに中甲板へ至るマンホールを開いた。するとと、名状しがたい匂いが鼻をついたという。中甲板のリノリウムの床には、おびただしい負傷者が横たわっていた。

——軍艦というのは、もちろん戦うためにあるんですが、同時に生活の場でもあります。そこで食事をし、眠り、訓練をする。戦友と語り合ったり、読書したりもします。乗組員にとって、普段は家のようなところなんですね。その「家」が、ひとたび戦闘が始まると、そのまま戦場になる。日常と戦場が重なっているんです。

陸の戦いでは、寝泊まりしている場所と戦場は、普通は別です。生活の場を離れて、出陣していくわけです。しかし海の戦いでは、そこで眠り、飯を食った場所に、何時間か後には遺体が散乱し、負傷者が横たわっているという状況になる。生の営みと死とが、同時にそこにあるんです。このレイテ沖海戦では、まさにそんな経験をしました。

中甲板では、二〇〇名近くの負傷者に対し、軍医と看護兵が懸命の応急治療を行っていました。軍医は二名、看護兵は数名にすぎず、まさに不眠不休です。

横たわり、うめき声を上げる負傷者の間には、切断したばかりの手脚を入れた桶や、血だらけの医療用具が置かれています。そんな中を通って、僕は伊藤中尉が運ばれたと聞いた部屋に向かいました。

伊藤中尉と池田氏は、海軍兵学校七二期のクラスメートである。兵学校卒業後、練習艦隊のときからずっと一緒で、同じ「矢矧」に配属された。「矢矧」には当初、五人のクラスメートが着任したが、残ったのは伊藤中尉と池田氏の二人だけだった。

伊藤中尉は高角砲の指揮官だった。口数少なく職務に熱心で、対空射撃の精度を上げるための研究に熱心に取り組んでいた。グラマン機に対する射表を独自に作るなど、さまざまに工夫をこらしていたという。

レイテ沖海戦への出陣前夜、二人は盃《さかずき》を酌み交わした。

「貴様が残ったらよろしく頼む」

伊藤中尉が言い、池田氏も「俺こそ頼む」と言葉を返した。

二人はそれぞれ私物をまとめ、他人に見られたくないものをより分けていた。どちらかが死んだら、残った者がそれを海に捨て、残りの私物——つまり遺品——を整理する約束を交わしていたのだ。

「海に捨てる約束といっても、いま思えば、たいしたものが入っていたわけじゃないんですけどねえ」

池田氏は、照れくさそうに言った。命をかけた出陣といっても、まだ二〇歳だったのである。

水葬――白い航跡の上に浮かぶ柩

――僕が見舞ったとき、伊藤中尉は、水雷長の私室の仮設ベッドに寝かされていて、腹部に巻かれた包帯には血がにじんでいました。敵の雷撃機群に対する高角砲の射撃指揮をしているときに、低空で襲ってきた敵機から銃撃を受け、腹部貫通の重傷を負ったのです。その場にいて伊藤中尉の補佐をしていた兵曹によれば、背後から伊藤中尉を貫いた同じ弾丸が、彼の斜め前に座っていた伝令兵の肩から入って心臓部を貫通したそうです。伊藤中尉はその伝令兵を治療所に連れて行くよう命じ、自身はなおも指揮を続けようとしました。兵曹らが治療所へ運ぼうとしても、自分は大丈夫だと言って抵抗したそうですが、やがて出血多量のためか意識を失い、部下に背負われて指揮所を離れました。治療所で伊藤中尉を診た軍医は、腸と膀胱《ぼうこう》が大きく損傷していて、もう手の施しようがないと思ったそうです。しかし、僕が見舞ったときの伊藤中尉は、意識もはっきりしていて、これならば助かるのではないかと思いました。

彼は、戦闘中に持ち場を離れたことを済ませながり、すぐにでも戻りたい様子でした。後で聞いたところによると、治療所に運ばれてからも、意識が戻ると、戦闘配置につこうと何度も起きあがろうとしたそうです。

僕は何とか彼を安心させたくて「部下は貴様の勇敢な戦いぶりを見て、士気がますます上がっているぞ。名誉の負傷だ、とにかく早く治せ」と励ましました。

まもなくして、艦内スピーカーから「配置につけ！　配置につけ！」という声が聞こえました。僚艦*が敵の潜水艦を感知したのです。僕は急いで艦橋に戻りました。

翌日の日没後、伊藤中尉は息を引き取った。池田氏は、航海長に、遺体の傍で通夜をさせてほしいと願い出る。

戦闘が終わったとはいえ、米軍の潜水艦がいつ出没するかわからない海域である。本来なら航海士は艦橋にいなければならないが、伊藤中尉と池田氏との親交を知る航海長は、すぐに許可してくれたという。

＊僚艦（りょうかん）
同じ艦隊に所属する味方の軍艦、および同じ任務に就いている味方の軍艦。

——伊藤中尉は、見舞ったときと同じ部屋で、薄暗い室内灯の下に横たわっていました。苦しそうだった彼の顔は、美しい夢でも見ながら眠っているような、静かな顔になっています。僕は椅子を彼の傍に置き、そこに座って、彼と過ごしたこれまでのことに思いをめぐらせました。

対潜警戒*のため、艦は之字《のじ》運動（ジグザグ航法）をしながら進んでいました。方向を変えるたびに艦は大きく傾き、伊藤中尉の寝ているベッドが軋《きし》みます。そんな中で彼のそばにいると、昨日までの激しい戦闘が夢のようで、浮かんでくるのは、練習艦隊でトラック島へ航海したときのことや、佐世保やシンガポールに上陸して一緒に遊んだことなど、懐かしい思い出ばかりでした。

その日の夕方、僕たちは、この戦闘で亡くなった五二名の戦友を水葬に付していました。そのとき、遅かれ早かれ自分もこうして葬られていくのだということを、ごく自然に自覚したように思います。それと同時に、運命というものが、人間にはどうしようもない力で、ぐいぐいと胸を締め付けてくるような重圧を感じていました。

人間は必ず死ぬ。なのに、その明白な事実の前で、僕たちはなぜ悩み苦しむのだろうか——。伊藤中尉が亡くなったいま、その遺体の傍らで、僕はあらためて人間の生命について考えていました。

神々しいような死に顔を見ていると、彼の冥福《めいふく》を祈るというよりも、彼が無言のうちに何かを教え、僕はそれを、魂の深いところで受け取っているような気持ちになったのです。

伊藤中尉を水葬に付したのは、翌日の夕方です。

柩《ひつぎ》に納められた伊藤中尉に最後の別れをし、錘《おもり》として砂袋と錨鎖の一部を入れました。それらは彼の身体を重く押さえつけ、いかにも苦しそうに見えましたが、すでに彼はそんなことは感じない身体になっているのだと思い直しました。

水葬の際、柩の蓋《ふた》の釘は生前にもっとも親しかった者が最初に打つことになっており、まず僕から打ちました。その後、柩は純白の布に包まれて部下たちの兵員室に安置され、皆で順番に焼香をしました。

水葬は、日没と同時に行われます。日没の時刻が近づくと、柩は後甲板に運ばれ、水葬を行う艦が皆そうするように、「矢矧」は艦隊の列から少し外側に離れました。

葬送のラッパが響きます。日が沈む瞬間、副長の「水葬！」という号令とともに、柩は

＊対潜警戒（たいせんけいかい）
船舶が自分を狙う潜水艦を警戒すること。

しぶきを上げて海面へと滑り落ちていきました。

皆が敬礼をもって見守る中、柩は遠ざかっていきます。それまで何とか感情を抑えていた僕でしたが、涙があふれて止まりませんでした。

柩は「矢矧」の白い航跡の上に浮かび、なかなか沈もうとしません。じゅうぶんな重さのある錘を入れたにもかかわらず、いつまでも波間に見え隠れしていて、それはまるで、われわれとの別れを惜しんでいるかのようでした。水中に没して見えなくなったのは、後方に遠く離れてからのことです。

レイテ沖海戦に日本は敗北を喫した。戦艦三隻、空母四隻、重巡洋艦六隻、軽巡洋艦三隻、駆逐艦九隻が沈没。重巡四隻、駆逐艦二隻が大破。生き残った艦でも、多くの死傷者が出た。

伊藤中尉が水葬に付された一〇月二七日には、「矢矧」以外の艦でも、それぞれ戦死者の水葬が行われていた。

第一戦隊の司令官・宇垣纏中将は、一〇月二七日の日記にこんな句を記している。

水葬のつづく潮路や戦あと

今宵また水葬の数ある月曇る
夜波白く水漬《みづ》く屍を包みけり

沖縄海上特攻作戦

レイテ沖海戦で傷ついた「矢矧」は、ほかの艦艇とともに一〇月二八日、ブルネイ泊地に帰投した。その後、一一月二六日に佐世保に回航、本格的な修理が始まったのは、一二月下旬のことである。佐世保での修理の後、呉では兵器の装備なども行われ、その後、瀬戸内海の柱島泊地で訓練が行われた。

この間、「矢矧」では大幅な人員の入れ替えがあり、艦長も吉村真武大佐から原為一大佐に替わったが、池田氏は引き続き「矢矧」に勤務することとなった。このとき、配置転換によって、池田氏は第四分隊長兼測的長となる。

昭和二〇年一月、池田氏は二一歳の誕生日を迎えた。最初に経験した海戦であるマリアナ沖海戦から半年が過ぎていた。

年が明けて戦局はますます悪化する。米軍は昭和二〇年二月から三月にかけて硫黄島を占領、四月一日には沖縄本島に上陸を開始した。

陸軍の沖縄守備部隊である第三二軍の牛島満中将は、米軍上陸当時、持久戦に徹する方針を決めていた。もともと第三二軍は三個師団編制だったが、大本営の方針で、一月に一個師団が台湾に引き抜かれてしまっていた。当初の予定よりも少ない兵力で米軍を迎え撃たねばならないことを考えると、守備に徹して少しでも長く島を持ちこたえた方がよいと考えたのである。

方針通り、米軍上陸に際して攻撃を行わなかった結果、北飛行場および中飛行場は、その日のうちに米軍の手に渡った。もともとこれらの飛行場は、日本軍が使用する見込みはなく、米軍上陸の前に破壊するよう、牛島中将が中央に具申したが許可されなかったものである。

陸海軍中央と台湾方面軍は、両飛行場を米軍が使用するのを阻止するため、持久から攻撃に移行するよう、第三二軍に強く要求した。第三二軍は、四月七日をもって攻撃に転ずることを決意する。これと連動して、鹿児島県の鹿屋基地に司令部を置く第五航空艦隊(司令長官・宇垣纏中将)は、特攻機による航空総攻撃を行うことを決めた。

そして、聯合艦隊司令部は、航空機だけでなく水上部隊も沖縄に突入させることを決断したのである。

このころ、日本海軍にすでに第一艦隊はなく、機動部隊も壊滅していた。戦闘可能な水上艦隊は、戦艦「大和」、軽巡洋艦「矢矧」、および駆逐艦八隻（朝霜・浜風・磯風・霞・涼月・冬月・雪風・初霜）からなる第二艦隊（司令長官・伊藤整一中将）のみだった。この計一〇隻で第一遊撃部隊を編制し、天一号作戦、つまり沖縄海上特攻を決行することが決定されたのである。

聯合艦隊司令部では、この作戦を決断するまでに、全幕僚*が激論を戦わせたという。大きく分けて二つの意見がせめぎ合った。

「制空権は完全に米軍にある。敵の機動部隊が自在に行き来する外海に、航空機の掩護《えんご》のない、いわば裸の艦隊を出撃させるのは自殺行為である」という意見と、「大和を温存したまま敗れるのは無念であり、また国民の批判も免れない。港湾に停泊したまま敵機の標的になるよりも、出撃して最後の死に場所を与えるべき」という意見である。航空部隊にだけ特攻をやらせて、水上部隊は何もしなくてもいいのか、という空気もあった。

最終的に海上特攻作戦の実行を決断したのは、聯合艦隊司令長官・豊田副武大将だった。豊田は戦後になって、当時この作戦の成功率は五〇パーセントもないと考えていたことを

＊幕僚（ばくりょう）
君主、将軍、長官などを直接補佐して、作戦の立案や戦闘指揮に参加する者。参謀に近い。

明かし、しかしまだ動けるものを使わずに残しておき、現地の将兵を見殺しにするのは忍びない、わずかでも成功の可能性があれば、できることは何でもしなければならないと考えたと述べている。

海上特攻作戦の説明を受けた第二艦隊司令長官の伊藤整一中将は、「大切な将兵の命を、そんな無謀な作戦で失うわけにはいかない」と反対したが、聯合艦隊参謀長の草鹿龍之介中将に「一億総特攻のさきがけとなってもらいたい」と説得され、出撃を決意したとされる。

もし無事に沖縄に行き着くことができたなら、「大和」は陸上に乗り上げて砲台として使用、将兵は陸戦隊となって米軍と戦うことになっていた。つまり、突入が成功したとしても、生きて帰ることはありえない作戦だった。そのため艦隊は片道分の燃料で出撃する予定だったが、それは忍びないとする軍需部の将校の配慮で、徳山の備蓄タンクをさらい、各艦に満タンに近い燃料が搭載されたという。

第一遊撃部隊が徳山沖を出撃したのは、昭和二〇年四月六日のことだった。編制は以下である。

◎第一遊撃部隊（海上特攻隊）

〈指揮官／第二艦隊司令長官　伊藤整一中将〉
戦艦「大和」
・第二水雷戦隊〈司令官／古村啓蔵少将〉
軽巡洋艦「矢矧」
・第四一駆逐隊〈司令／吉田正義大佐〉
駆逐艦「冬月」「涼月」
・第二一駆逐隊〈司令／小滝久雄大佐〉
駆逐艦「朝霜」「初霜」「霞」
・第一七駆逐隊〈司令／新谷喜一大佐〉
駆逐艦「磯風」「雪風」「浜風」

特攻前夜の若者たち

出撃前、「矢矧」の原艦長は、艦内の倉庫にあった米麦のうち、不要と思われる分を徳山軍需部へ返還した。米麦は二〇日以上分あったが、艦長は、乗員の生命は長くてあと五日、したがって糧食も五日分あれば十分と考えたのである。

もうひとつ、原艦長が出撃前に行ったことがある。四月三日に乗艦したばかりの海軍少尉候補生二七名に退艦命令を発したのだ。

原艦長は戦後の著書『帝国海軍の最後』の中で、このときのことを次のように回想している。

……候補生一同は殺気を帯びて承諾しない。

「自分等は祖国のために死することを誇りとするものです。最後の大決戦に臨んで退艦を命ぜられるとは心外千万、ぜひ参加させてください」と、靴で甲板を踏んで申し出た人もあった。

私は心の中では本当に感激して泣いた。しかし、「この度の戦闘は、実戦を経た人だけでやるのだ。未経験者は邪魔になる。だから退艦を命ずるのだ」と諭した。退艦者一同は悄然として艦を去って行った。そして陸岸に整列して、日の暮れるまで矢矧を見つめていた。

このとき、退艦を命じられた候補生の一人に話を聞くことができた。大正一四年生まれ、海軍兵学校七四期の青木和男氏である。

「退艦した候補生は、兵科（海軍兵学校七四期）が二四人、主計科（海軍経理学校三五期）が三人でした。四月三日に乗艦し、出航当日の四月六日の明け方に退艦したわれわれは、たった四日間だけの乗員でした。しかし、わたしにとって、たとえ短い期間でも矢矧の乗員だったことは、生涯の誇りです」

青木氏は、海軍兵学校での池田氏の二期下にあたり、青木氏が三号生徒だったとき、池田氏は最上級生の一号生徒だった（兵学校では、入学一年目を三号生徒、二年目を二号生徒、三年目を一号生徒と呼ぶ）。当時から池田氏のことは知っていたという。

「入校したばかりの三号生徒にとって、一号生徒は神様みたいなものなんです。単に先輩というだけでなく、こう、見上げるような感じでしたね」

「矢矧」に配属された青木氏は通信士を拝命し、電報の文案の作成などに従事していた。ちょうど暗号書の切り替えがあったばかりで、それにかかわる業務を担当しており、まさか艦を下ろされるとは思っていなかった。退艦を命じられたときは、死に場所を失ってしまったという気持ちと、死にに行く乗員たちに申し訳ないという気持ちがせめぎ合ったという。

候補生の退艦は「大和」でも行われており（兵科、主計科合わせて四九名）、第二艦隊全体の方針だったと思われる。「矢矧」の候補生は空母「龍鳳」に、「大和」の候補生は同

「葛城」に、一時移乗を命じられた。

出撃前夜の「矢矧」では、退艦する候補生たちの送別会がガンルーム（初級士官室）で開かれた。ケップガン（ガンルーム室長）は池田中尉である。

「この送別会のことは、いまでも忘れられません。酒のない送別会だったんです。わたしたちが未成年だったことを配慮したのでしょう。池田ケップガンの方針です。二度と再会することはないであろう別れの宴が、酒も煙草もなしの爽《さわ》やかなものだったことに感激しました。いま振り返っても、あれは見事だったなあと思います」

出撃前夜は、どの艦も無礼講で酒を酌み交わす。ましてや生還を期さない特攻に出撃するのである。酒のない宴は、普通ならば考えられない。原艦長は、この夜の艦内の様子を、次のように回想している。

天下誰はばかるところもない。将も兵もない、全艦隊こぞって日本の前途を祝福し、この世に一点の未練を残さず、過去のすべてを清算し、懺悔し、清き護国の鬼と化さんとみずからに捧げる供養の宴でもある。（中略）牛飲というか鯨飲というか、どちらを向いても酒豪揃いの古強者。飲むは飲むは二十数本の一升瓶は、忽ちにして空になってしまった。歌いたい者は歌い、踊りたい者は踊る。食いたい者は食い、隠し芸も出る。

（『帝国海軍の最後』より）

こうした艦をあげての酒宴の中、ガンルームではアルコール抜きの宴が行われていたのである。

「わたしたちは、池田ケップガンから、実にいい教育を受けました」

戦後は学究の道へ進んで大学教授となり、学長も務めた青木氏はそう言った。

池田氏にこのときの酒なしの送別会のことを尋ねると、「今生の別れですからね。水盃という気持ちでした」と、当時を振り返った。

原艦長の手記には、夜半過ぎにガンルームを訪れたときのことも記されている。

そこではケップガンの池田中尉をはじめ、少尉、中尉の若い士官たちが〈紅顔に微笑を浮かべて、明日の必死作戦に一点の臆するところなく、淡々無邪気、常にも増した明るさで、「貴様と俺とは同期の桜」と大声で合唱していた〉（前掲書）。この光景に、原艦長は人知れず泣いたという。

池田氏の出撃前の心境はどうだったのだろう。

「この作戦が特攻であると聞いたとき、自分でも意外なほど冷静でした。やっとこれで自分の人生にケリがつく、死に場所が定まったという気持ちです。さばさばした、爽やかな気分だったことを、いまでもはっきりと覚えています」

出撃、そして最後の戦い

昭和二〇年四月六日一六時、海上特攻隊は徳山沖を出撃した。先頭は「矢矧」。駆逐艦八隻がその後に続き、最後尾が「大和」である。南東の風八メートル、気温一〇度。雲が多く、肌寒い日だった。

一七時三〇分、原艦長は前甲板に手の空いている者全員を集めて訓辞を行ったが、その際、豊田聯合艦隊司令長官からの激励電報を読み上げた。

帝国海軍部隊ハ陸軍ト協力　空海陸ノ全力ヲ挙ゲテ沖縄島周辺ノ敵艦船ニ対スル総攻撃ヲ決行セントス

皇国ノ興廃ハ正ニ此《こ》ノ一挙ニアリ　茲《ここ》ニ特ニ海上特攻隊ヲ編成シ壮烈無比ノ突入作戦ヲ命ジタルハ　帝国海軍力ヲ此ノ一戦ニ結集シ　光輝アル帝国海軍海上部隊ノ伝統ヲ発揚スルト共ニ其ノ栄光ヲ後昆《こうこん》ニ伝ヘントスルニ外ナラズ　各隊ハ其ノ特攻隊タルト否トヲ問ハズ愈々《いよいよ》決死奮励敵艦隊ヲ随所ニ殲滅《せんめつ》シ以テ皇国無窮《むきゅう》ノ礎ヲ確立スベシ

池田清『最後の巡洋艦・矢矧』によれば、第五機銃群指揮官の安達耕一少尉が前甲板から戻り、部下二八名を集めてこの激励電報を読み上げると、部下たちは「見せてください」と言って集まってきて、電文を一言一句、ていねいに自分のノートに書き写したという。

このエピソードを知って、私は何ともいえない気持ちになった。なぜ自分たちは、死ぬと分かっている沖縄の海に出撃していくのか。その答えを、かれらは電文の中に確認したかったのではないだろうか。一文字一文字書き写すことによって、自分たちが死んでいく理由を、何とかして納得しようとしたのだろう。この特攻を死に場所と思いさだめ、覚悟を決めた士官たちとはまた違った思いが、下士官以下の乗員たちにはあったに違いない。

かれらは、〈帝国海軍力ヲ此ノ一戦ニ結集シ　光輝アル帝国海軍海上部隊ノ伝統ヲ発揚スルト共ニ其ノ栄光ヲ後昆ニ伝ヘントスル〉という文言を、自分たちがいままさに死にゆかんとする理由として納得することができたろうか。

——艦隊は日没近くに豊後水道を通過し、敵の潜水艦の攻撃を避けるため、九州の陸岸寄りを進みました。次第に風が強くなり、海上は荒れ模様となってきました。

二〇時一〇分に敵潜水艦の無線電波を傍受、その後、たびたびの敵潜の出没に警戒態勢をとりながら、艦隊は南下していきました。

僕は翌七日の午前四時頃から二時間ほど仮眠をとり、ちょうど明け方頃に起床しました。戦闘配置につき、朝食の握り飯を頬張っていると、六時三〇分、見張員から「零戦九機、バンクしながら(=機体を揺さぶりながら)接近」という報告がありました。

見ると、九機の零戦が近づいてきます。事前に聯合艦隊司令部から電報で報告があった、第三五二航空隊の上空直衛でした。

戦後、ずっと後になって知ったことですが、この零戦隊の隊長は、兵学校で僕が三号生徒のとき一期上の、同じ分隊で親しくしていた植松真衛大尉で、九機のうち三機は僕のクラスメートである上田清市、森一義、田尻博男中尉でした。この朝、午前六時三〇分から一〇時まで、艦隊の上空で警戒に当たってくれた零戦隊のうち三人がクラスメートだったんです。しかし三人とも、この日から数日後に、沖縄上空で戦死しました。

「矢矧」の左後方にいた駆逐艦「朝霜」が、「ワレ機関故障」の信号とともに艦隊から落伍しはじめたのは、六時五七分のことです。

この「朝霜」からは、その後、一二時〇八分に「一三〇度方向艦上機見ュ」、同一〇分「ワレ敵機ト交戦中」という報告がありました。その後、同二一分に「九〇度方向ニ敵機三〇数機ヲ探知ス」との通信を最後に消息を絶ちましたが、僕は双眼鏡で、はるか後方の水平線上に朝霜の対空砲火が炸裂《さくれつ》するのを望見しました。それが、僕が最後に見た朝霜の様子でした。「朝霜」は、乗員三二六人全員が戦死。その最期を見届けたのは敵だけで、まさに悲劇の艦でした。

その頃、昼食用の握り飯が艦橋に運ばれ、乗員は配置についたまま食べていましたが、僕は食べる機会を逸したまま、まもなく始まる戦闘の修羅場を迎えることになりました。

一二時二八分、「大和」が艦首左四万五〇〇〇メートルに敵編隊を発見、一二時三四分、僕が握り飯に手を出す前に発砲し、対空戦闘が開始されたのです。

やがて「矢矧」にも敵の艦上機が殺到してきました。測的長としての僕の仕事は、敵の艦艇や航空機の方位と距離を測り、艦長、砲術長、航海長等に報告することですが、敵機の攻撃が始まれば、次の新たな敵編隊の電波探知に神経を注がなくてはなりません。

急降下で襲いかかる敵機からの至近弾による大音響、そしてすさまじい水しぶき。その瞬間、僕のすぐ近くに立っていた若い伝令兵が、へなへなとその場にうずくまりました。僕の耳見ると、まったく無傷です。初めての戦闘体験で、腰を抜かしてしまったんです。僕の耳栓も吹き飛び、一時、難聴に陥りました。

雷爆撃と機銃掃射は容赦なく続きます。レイテ沖海戦のときは、戦艦は「大和」のほかに「武蔵」「長門」「金剛」「榛名」、重巡洋艦も「妙高」「羽黒」「熊野」「鈴谷」「利根」「筑摩」などがあり、敵機はおもにこれらの大型艦船に殺到しました。

しかし今回、「大和」の次に大きな艦艇は「矢矧」です。敵機の襲撃が激しいのは当然のことでした。この日の東シナ海は、雲が低くたれこめていました。「矢矧」航海長の操艦の腕前は、それは見事でしたが、敵機が雲の間から突然姿をあらわすため、回避運動がどうしても遅れがちになります。

ついに一弾が後部に命中、舵《かじ》・推進器が損傷したらしく、右旋回のまま惰性で走りつづけた後、洋上に停止してしまいました。

四月七日一四時〇五分、「矢矧」沈没

——動けなくなった「矢矧」には、さらに激しく敵機が群がってきます。艦橋に立つ僕は、激しい衝撃で全身が揺すぶられるのを感じました。爆弾の命中か至近弾か、激しい横揺れは魚雷の命中か……。鼓膜が破れたらしく、まるで無声映画を見ているような時間がしばらく続きました。

艦の周辺では至近弾の水柱がマストより高く次々に上がり、煙突と舷側からは蒸気が噴

出しています。硝煙の臭いの中に死傷者から流れ出る生臭い血の匂いが混じって鼻をつきました。

「矢矧」に艦乗していた第二水雷戦隊の古村司令官は、沈没が近いとみて、駆逐艦「磯風」への移乗を決め、「近寄レ」の信号を出しました。司令部を移し、旗艦を変更しようとしたのです。

司令官らを乗せるため、左舷に固縛してあるカッターを海面に下ろさなければならないのですが、艦が左に傾いているのに加え、敵機の攻撃が続いているため、作業は遅々として進みません。見かねた僕は、電探*が破壊され測的長としての仕事もなくなったので、艦橋から駆け下りて作業を指揮することにしました。

「磯風」は近づいたものの、敵機の雷爆撃のため停止することができません。カッターは、爆撃の合間にどうにか海面近くまで下ろすことができましたが、もう少しというところで爆弾が直撃し、艇上の兵ともども木っ端みじんに飛び散ってしまいました。

＊電探（でんたん）
「電波探知機」の略。レーダー。

旗艦の変更は失敗した。「矢矧」の斜め左後方から横付けを試みた「磯風」は至近弾を受け、自力航行不能となる。装甲の薄い駆逐艦は、一発の至近弾が命取りになることがある。「磯風」は全乗員を僚艦「雪風」に移乗させたあと、その「雪風」によって爆破処理された。

真珠湾、ミッドウエー、ガダルカナル、マリアナ沖海戦、レイテ沖海戦と、激戦を幾度もくぐり、損傷を負いながらも決して沈まなかった強運駆逐艦「磯風」の最期だった。

このとき「磯風」に乗っていた人に話を聞くことができた。山田喜充氏、八四歳。昭和一八年四月、一七歳で大竹海兵団に入団し、同年九月に最初に乗り組んだ艦が「磯風」だった。それから沈没までずっと同艦で勤務した。

「磯風は、あちこちの海で四六時中こき使われたフネでね。いつも水が足りなくて、乗員は顔も洗えないしお茶も飲めない。そんな中で、ほんとうによく働きました。そのあげくに、最後があの沈み方……いま思い出しても悲しくなります。矢矧に横付けするためにスピードを落とした状態でしたからね。敵機が来てもすぐには速力が出ないんです。それで至近弾を食らってしまった。

正直、あの戦いは、大和の主砲が働いてくれさえしたら、あんなに惨めなことにはならなかったとも思います。でも、なんといっても天候が悪かった。雲が低くたれこめていて視界がきかず、敵機の姿も、ごく近くに下降してくるまで見えない。それに味方の飛行機は一機も飛んでいないんですから。なすすべもなく、ただやられるだけの、あの戦いの惨めさ。経験したものでないとわかりません」

駆逐艦は海戦の際、沈没した他艦の乗員救出の役割を負う。「磯風」は、ミッドウエー海戦では空母「蒼龍」、マリアナ沖海戦では空母「大鳳」の乗員を救助。ほかにも「金剛」「信濃」など、多数の艦艇の乗員の生命を救ってきた。最後もまた、その使命を果たそうとして沈んだのだった。

――一三時四五分、またも数十機が来襲、さらに爆弾と魚雷が命中し、艦は傾斜度を増しました。左舷が水面近くまでなり、皆が本能的に右舷側によじ登るような姿勢になっているとき、大きく艦腹を出した右舷側中央部に魚雷が命中したのです。艦は右舷側に転覆するような恰好《かっこう》になりながら沈没しました。

「矢矧」沈没は一四時〇五分。一八分後には「大和」も沈没しました。僕は、最後に右舷側を直撃した魚雷の爆風で顔面に火傷《やけど》を負って海に投げ出されました。

われわれは海上特攻隊であるから、味方艦艇に救助されるようなことはあり得ない――そのときの僕は、一〇〇パーセントそう思い込んでいました。

実際には、「矢矧」が沈没したころ、「大和」に座乗する第二艦隊司令長官・伊藤整一中将から、第一遊撃部隊宛てに次の命令が出されていた。

突入作戦ハ成立セズ　生存者ヲ救出、後図ヲ策スベシ　艦隊参謀ハ冬月ニ移乗　残存部隊ノ収集ニ任ズベシ

突入作戦の中止と、生存者の救出を命じている。この直後、伊藤長官は沈みゆく「大和」と運命をともにした。

伊藤長官は、聯合艦隊参謀長の草鹿中将から海上特攻作戦の説明を受けたとき、「行く途中で非常な損害を受けて、これから行こうと思っても駄目だという時になったら、どうすればよいか」と問うている。草鹿中将が「一意、敵殲滅《せんめつ》に邁進《まいしん》するとき、かくの如きことは自ら決することで、一つにこれは長官たる貴方《あなた》の心にあることではないか。聯合艦隊司令部としても、その時に臨んで適当な処置はする」と答えると、伊藤長官は「ありがとう、よくわかった。安心してくれ。気も晴々した」と言ったという（草鹿中将の戦後の回想による）。

もともと、生還を期さない特攻作戦に反対だった伊藤長官は、沖縄に行き着く前に艦隊が戦闘不能な状況になったときの部下たちの運命が気にかかったのだろう。むざむざ死なせるべきではないと考えており、そのための言質《げんち》をとっておいたとも考えられる。

「大和」が沈んだ後、一四時四五分には、吉田正義第四一駆逐隊司令から、聯合艦隊司令長官、海軍大臣、軍令部総長宛てに報告電が打たれた（実際に送信されたのは一五時五二分）。

一一四一ヨリ数次ニワタル敵艦上機大編隊ノ攻撃ヲ受ケ、大和、矢矧、磯風沈没、浜風、涼月、霞航行不能、ソノ他各艦多少ノ損害アリ。冬月、初霜、雪風ヲモツテ生存者ヲ救出ノ後、再起ヲ計ラントス

そして、一六時三九分には、豊田聯合艦隊司令長官から伊藤長官、吉田司令宛てに、以下の発信があった（受信は一七時五〇分頃）。

一　第一遊撃部隊ノ突入作戦ヲ中止ス

二　第一遊撃部隊指揮官ハ乗員ヲ救助シ、佐世保ニ帰投スベシ

戦闘が始まって以来、聯合艦隊司令長官が意思表示を行ったのは、このときが最初である。この時点ですでに、第一遊撃部隊では、独自に突入作戦中止の判断をし、乗員救助を行っていた。聯合艦隊司令長官のこの電信は、事実を追認するものとなった。海に投げ出された池田氏は、こうした経緯を知る由もなく、重油に厚く覆われた海を漂っていた。

駆逐艦「冬月」に救助される

――「矢矧」「大和」の沈没直後も、敵機は上空に残り、洋上を漂う生存者に、執拗《しつよう》に機銃掃射を加えてきました。これで亡くなった人々もずいぶんいます。そんな中で、突然米軍のPBM飛行艇が飛んできて着水し、搭乗員を拾い上げて飛び去るのを見ました。九州南方とはいっても、四月上旬の東シナ海の海水は冷たく、次第に体力が衰えていくのがわかりました。海に投げ出された当初は、まわりで同じように漂っている生存者たちと言葉を交わし、あるいは軍歌を歌って励まし合っていましたが、だんだんと言葉もなくなっていきました。波間に重油が拡《ひろ》がるにつれて、近くにいた者も、ばらばらに遠ざかっていきます。

木片などにつかまってもたいして浮力はなく、立ち泳ぎを続けざるを得ません。しばらくして突然吐き気を催し、嘔吐《おうと》しました。昼食を取り損ない、空腹のまま、重油まみれの海水を飲んだせいでしょう。

「矢矧」が沈んでからどのくらいたったのか、海水の冷気が骨身に沁《し》み、疲労が身体中に拡がっていくのを感じました。近くで漂流していた兵が、突然、暴れるように手足をばたつかせ、水没して再び浮きあがってこないケースも出てきました。

身体が骨の髄まで冷え切り、次第に思考能力が薄れて、凍死とはこんな感じのものなのかと、朦朧《もうろう》とした頭で考えていました。

漂流しながら脳裏に浮かんできたのは、藤沢の自宅の畳に寝ころんでいるイメージでした。季節は夏で、縁側から心地いい風が流れ込んでくる。家のすぐ前にきれいな小川が流れていて、そこから涼しい風が入ってきていたんです。建築家の従兄《いとこ》が設計した家でした。ああ、死ぬ前に、あの畳にもう一回寝ころびたかったな……薄れかけた意識の中で、そう思っていました。

「フネが来たぞお」

誰かが大声でそう叫ぶのが聞こえたのは、日が暮れようとするころでした。あたりを見回そうとしましたが、目の中に重油が入っているらしく、開けることができません。そこで両手を海中に入れて手のひらの重油を拭《ぬぐ》い落とし、拳《こぶし》を握って、海面の重油の層に拳の内側がふれないようにしながら空中に出しました。

きれいな手のひらの内側で重油をぬぐい、ようやく目を開けることができました。すると、うねりで身体が持ち上がった瞬間、確かにこちらに向かってくる駆逐艦の姿が見えたのです。

それは駆逐艦「冬月」でした。舷側からロープが下ろされましたが、重油ですべって役に立ちません。何回かの試行錯誤の末、ロープの先に直角に棒きれを結びつける方法がいちばん確実であることがわかり、僕のまわりで漂流していた一群は、全員が救助されました。

「冬月」に助けられた僕は、かなりの時間をかけて何とか自分で衣服と靴を脱ぎ捨て、褌《ふんどし》ひとつになって指示された後甲板の兵員室によろよろと歩いて行きました。兵員室は機関室の上で暖かく、夏の水兵服を与えられました。兵の一人に着方を教えてもらい、やっと乾いた衣服を身につけることができたのです。まさに敗残兵の心地でした。

五時間あまりの漂流の末、池田氏は九死に一生を得た。爆風で顔面に大やけどを負っていたが、重油が皮膚表面に膜を作って水分の蒸発を防いだことと、海水で冷やされたことが、はからずも応急処置の役割を果たし、ケロイドにならずにすんだという。

救助された者たちは、乗員の邪魔にならないよう、傷ついた身体を船内の狭い通路の隅に横たえた。そして昼間の激戦のことを話し合った。その友が、翌朝目覚めてみると、隣で冷たい骸《むくろ》となっていた。

海上特攻に出撃した一〇隻のうち、航行可能の艦は「冬月」「初霜」「雪風」「涼月」のみだった。この四隻の駆逐艦は、翌八日中には、佐世保港に帰投した。このうち、大きな損害を受けていた駆逐艦「涼月」は、前進すれば艦内に水が入る状態だったため、後進のまま佐世保を目指し、他艦より遅れてかろうじて入港した。

佐世保海軍病院で火傷の治療を受けた後、池田氏は、広島県の大竹にあった潜水学校の教官となった。海軍予備学生二〇〇名からなる特殊潜行艇部隊*の隊長である。

＊特殊潜航艇（とくしゅせんこうてい）
日本帝国海軍が開発した2～5人乗りの小型潜航艇。密かに敵に接近し、魚雷を発射する。真珠湾攻撃にも参加した。

——海上特攻からは生きて帰ってきたけれども、今度こそ、特殊潜行艇の隊長として死ぬのだと思っていました。

ある日曜日、外出許可をもらって外に出ると、潜水学校の近くの小学生たちが無心に遊んでいました。その子どもたちを見て思いました。僕らはもうすぐ死ぬけれど、この子たちはこれからどうなるんだろう、と。そうしたら、何ともいえず暗い気持ちになりましてね。

戦争に負けると思っていたわけではありません。じゃあ勝つと思っていたのかって？いや、それがほとんどありえないことはわかっていました。でも、日本が降伏することはないと思っていましたから。

戦争に勝って、この子たちが幸福に暮らしている未来は思い描けない。かといって、日本が降伏することも想像できない。そういう、先の見えない不安、展望のない暗さが、子どもたちを見ていると、胸にこたえてくるわけです。

ありえないと思っていた日がやってきた。昭和二〇年八月一五日、日本は無条件降伏をした。自明のことだったはずの戦死をまぬがれ、生き残ってしまったのである。

自分のために生きていい場所へ

終戦後、池田氏は「酒匂《さかわ》」に乗り組むことになる。「酒匂」は「矢矧」と同型の軽巡洋艦で、同じ佐世保工廠で建造された僚艦だが、終戦間際に完成し、戦場に出ることなく終戦を迎えていた。終戦後は、特別輸送艦として復員兵の輸送に使われた。

まず函館から釜山まで韓国人を運び、その後、ニューギニアの日本兵を内地へと運んだ。ところがその後、「酒匂」はビキニ環礁での核実験に使われることが決まり、昭和二一年二月に横須賀港で米軍に引き渡された。

そのまま浦賀の復員局で復員業務にあたっていた池田氏のもとに、父が訪ねてきたのは二月末のことだった。

「父は東京帝國大学の願書を手にしていました。元軍人でも、定員の一割までなら大学に入れるらしいから、受けてみろというんです。ご奉公は十分したんだから、もう一回、勉強してみたらどうかと」

それまで大学に入ることなどまったく考えていなかった池田氏だったが、いつのまにか老いた父の姿に胸を衝《つ》かれた。まだ何の親孝行もしていないと改めて思った。いまとなってはもう、乗る艦もない。父の意思に沿って受験してみようかという気になった。

一か月の受験勉強で合格、昭和二一年四月、東京帝國大学工学部に入学する。ちょうど一年前、沖縄の海で戦い、たくさんの仲間が死んでいったその季節に、池田氏は大学生となった。


——大学というところは別世界でした。海軍にいた自分には、信じられないような自由なところだった。どの教室で、どの講義を受けてもいい。そのことだけでも、なにか珍しくてね。しかも、一流の先生方の講義が聴ける。天国でした。なにしろ弾が飛んでこない中で、好きなだけ勉強ができるんですから。なのに、まわりの学生は、講義に出てこない者も多い。なんでだろう、勿体《もったい》ないと思っていました。

建築科に進んだのは、たいした理由はないんです。あまり難しくない学科だと思ったのと、あとは従兄《いとこ》が建築家だったこともあるかもしれません。でもやってみたら面白くてね。むさぼるように勉強しました。

物のない時代だから、製図の勉強をしたくてもケント紙がない。神田のどこそこの店に売っていると聞けばすぐに飛んでいきました。

食べ物ももちろん不足していて、農家への買い出しにもずいぶん行きました。着物を持って行って、野菜などと交換するんです。兵学校のときに支給された服も、大根に化けました。銀座にコーヒーにいくら砂糖を入れてもいい喫茶店があると聞いて、それはすごいと、わざわざ行ったこともあります。ないものだらけだったけれども、勉強は自由にできた。死んだ戦友たちに申し訳ないと思いながら、勉強する喜びに浸《ひた》りました。

自分のために勉強していいというのは、新鮮な驚きでした。中学生くらいから、国のためということしか考えていませんでしたから。

硝煙と血の匂いのただ中で、多くの戦友を失った特攻出撃からわずか一年後、池田氏は自分のために生きていい場所にいた。

好きなだけ学べるという意味では、大学は天国だったが、周囲の学生たちには馴染《なじ》むことができなかった。

――大学時代には、心を割って話せる友人はきわめてまれにしかいませんでした。

軍人として戦争を経験した僕は、入学のとき二二歳になっていました。クラスメートのほとんどが僕より若く、戦場の経験のない人が大多数でした。つい一年前まで弾の飛び交う場所にいた者が、気持ちを通じ合わせることができるはずもないんです。

当時の世の中では、戦争にかかわった人間イコール悪人でした。特に、東大に入ってくるような学生にとって、軍人を軽蔑《けいべつ》することはひとつのステイタスであり、インテリの証《あかし》でした。

東大に限らず、当時の大学内には、軍関係者への反発の空気が強くあった。終戦時に陸軍士官学校や海軍兵学校に在校していた者、あるいは卒業生への風当たりは相当なものだったようだ。

平成一九年に亡くなった作家の城山三郎氏は、一七歳で海軍に志願、昭和二〇年五月に*海軍特別幹部練習生となった。*徴兵猶予のある理系の専門学校に合格していたが、もともと皇国少年だった氏は、地元の名古屋市が三月一九日の大空襲で大きな被害を受けたのを目の当たりにし、じっとしていられなくなった。

父親にも相談しないまま、名古屋の第三師団司令部に出頭してみずから徴兵猶予を返上し、海軍に志願。海軍特別幹部練習生に合格したときは、三〇〇名中一番の成績だったという。

三か月間訓練を受けたところで、終戦となった。翌昭和二一年に一橋大学（当時は東京産業大学）に入学するが、入学早々、「侵略戦争だということもわからずに海軍に志願するなど幼稚で低能」として、寮の先輩らに吊《つる》し上げられたという。

城山氏は練習生として壮絶なしごきにあい、軍隊というものに幻滅していたが、それでも、かつての自分は、国のために本気で死ぬ覚悟をしていたのだという思いがあった。命を捨てる覚悟のなかった者たちがいまになって何を言う、という怒りが込み上げ、この先もこんな空気の中で過ごすのはいやだと、入学早々、退学を決意する。先輩の一人に引き留められて思いとどまったというが、当時の大学の雰囲気がよくわかるエピソードである。

東京帝國大学から学徒出陣により海軍に入隊、戦艦「大和」の副電測士として海上特攻に参加した吉田満氏は、戦後、自身の経験と戦友の話をもとに『戦艦大和ノ最期』を著した。この作品は戦記文学として高く評価されベストセラーになったが、著者によれば、同時に、はげしい批判にもさらされたという。「大和」に乗って特攻作戦に参加したことは

＊海軍特別幹部練習生（かいぐんとくべつかんぶれんしゅうせい）
1945（昭和20）年5月にできた制度で、陸軍の「特別幹部候補生」制度の海軍版。中学卒業後に入学できる。
＊徴兵猶予（ちょうへいゆうよ）
徴兵の時期を延ばすこと。戦前の兵役法では、満26歳までの在学者や国外在住者に対して徴兵が猶予された。しかし太平洋戦争により兵力が逼迫してくると、猶予は次第に解除された。

もちろん、それ以前に、あの戦争で兵士として戦ったことそのものが、許すべからざる戦争協力であるというのだ。

吉田氏は学徒として徴兵されたのであり、士官にはなったが職業軍人ではない。海軍兵学校卒の池田氏や、海軍特別幹部練習生を志願した城山氏とは立場が違う。それでも、戦争にかかわった当事者として、非難と反発を受けた。

吉田氏は随筆「一兵士の責任」の中でこう述べている。

まず私は、徴兵を拒否することが出来たはずだとキメつけられた。その当時、理由のない徴兵拒否は銃殺あるいはこれに類する極刑を意味したという反論も、言訳としては通用しないという。巧みに自分の肉体を傷つけるとか、精神異常をよそおうとかによって徴兵と死刑の両方を避ける手段はありえたし、現に少数例ながら成功した人もいると、その実証まであげて追及された。

さらに〈もしやむなく徴兵をうけ入れたとしても、怠惰な不誠実な兵となり消極的ながら戦争非協力にはげむことは可能〉であったはずだと指弾されたという。つまり、さぼったり手を抜いたりして、味方の戦力にマイナスになるように行動すべきだったというのである。

終戦時、城山氏は一八歳、吉田氏は二二歳だった。あの戦争を兵士として経験した若者を、戦争に行かなかった世代の若者たちがどんな目で見ていたかがわかる。年代はごく近くても、両者の間には深い溝があった。

こうした世相のなかで、池田氏は東大で学んでいた。氏は当時のことについて多くを語らないが、大学で感じた孤独と疎外感は大きかったに違いない。

「それ以降、僕は戦争のことについて、誰にも語らないようになりました。どんな気持ちで戦ったのか。戦友はどうやって死んでいったのか。艦全体が家族のようだった『矢矧』のこと——。言ってもわかってもらえるはずがないと、心を閉ざしてしまったんですね」

建築の世界で近代化に取り組む

戦後、池田氏はレイテ沖海戦で戦死したクラスメート、伊藤中尉の両親に会いに行っている。氏は、伊藤中尉が亡くなったときの状況を記録していた。ともに戦い、その死を看取った者として、家族に伝えようと思ったからである。その手記を持って、伊藤家を訪ねたのだった。

——遺品と遺髪は、佐世保の空襲で焼けてしまっていて、ご両親に渡すことのできるものは手記だけでした。伊藤中尉のお父さんも海軍軍人で、兵学校三九期。昭和一九年六月のマリアナ沖海戦の少し前、予備役大佐として輸送船の指揮官をしていたお父さんは、「矢矧」に乗っていた伊藤中尉とリンガ泊地で偶然一緒になり、「矢矧」の甲板で面会しています。

ともに海軍軍人の父子であり、僕が訪ねていったときも、湿っぽい感じはありませんでした。食糧難だったにもかかわらずご馳走《ちそう》してくださいましてね。無理をされたのではないかと思います。退役軍人で長男は戦死、次男以下はまだ成人していなかったので、生活は大変だったはずです。僕の家も、父が軍人だったので、戦後は職を失ったわけですが、兄がすでに三〇代になっていて、家族を支えることができましたから。

伊藤中尉の思い出を聞かれるままにお話しして、ご家族は爽やかな雰囲気で聞いてくれましたが、自分だけ生きて帰ってきてしまった僕は、やはり申し訳ない気持ちで……辛《つら》かったですね。

伊藤中尉は命を惜しんでいなかった。そのことを僕はよく知っています。僕も同じ気持ちでしたから。国のために戦って死ぬのは本望だと思っていました。もし伊藤君と同じように自分が死んでいたとしても、後悔はなかった。けれども、ご両親の思いはまた別だったでしょう。決して態度には表されませんでしたが。

別の戦友のお宅にも弔問に行きました。海軍機関学校の出身で、僕の一期下だった鈴木君。僕が名乗るなり、お父さんは「なんだ海軍か」と言いました。「俺の息子を殺した海軍か」と。玄関払いされ、家の外からお参りさせてもらって帰りました。

同じ職業軍人の親でも、いろいろな方がおられました。ましてや、召集されて戦地に赴き亡くなった人のご両親の思いはどんなだったでしょう。

もちろん、戦ったのは若くて独り身の者ばかりではありません。妻子がいて応召した人たちの思いは、僕らのように単純ではなかったはずです。僕たちは武人は戦って死ぬのが当たり前と考えていて、そういう人たちの気持ちに思い至らなかった。戦後になって、その点は浅はかだったと気がつきましたが、どんなにか辛く苦しい思いをされたろうと推し量ることしかできませんでした。ほんとうにそれを実感したのは、のちに自分自身が親になってからのことです。

大学を卒業した池田氏は建築設計事務所に就職、三〇代で日本初の超高層ビルである霞が関ビルの設計をチーフとして手がける。

超高層ビルは、それまでの日本の建築界の徒弟制度的なシステムのもとでは成立しないプロジェクトだった。成功させるには、建築を工場生産化しなくてはならない。

そのために池田氏が採用したのは、アメリカではすでに常識になっていたグループ・ダイナミクスと呼ばれる手法だった。それぞれの分野の専門家を集めてチームを作り、フルに稼働させる、エンジニアの組織作りを行ったのである。

日本ではそれぞれの専門家の能力を発揮させつつ、プロジェクトとして全体をまとめていくオペレーションシステムがなかった。大先生の下に多数の弟子がおり、建設会社の下に下請け、孫請けがいるという旧態依然とした形のままだった。

——つまり封建的だったわけです。高度成長期を迎えようとしていた日本では、車の生産システムはすでに近代化されていたのに、建築の世界はなかなか近代化が進んでいなかった。

実は建築の世界に入ったとき、これなら海軍のほうがよほど近代的だと思ったんです。軍隊は縦社会の最たるもので封建的だと思っている人がいるかもしれませんが、少なくとも海軍の、僕が経験した軍艦の勤務では、各人に持ち場を任せ、それを全体で統括していくオペレーションシステムが機能していた。全員が自分の分野について修練を積み、互いの仕事に敬意を払って尊重する気風があったと思います。

そして、仕事が終わって〝酒保*ひらけ〟となれば、艦長から兵卒まで、褌一丁で酒を飲んで議論をした。建築界の徒弟制度のほうが、よほど前近代的だと思いました。

もともと軍艦というのは、当時の最先端の技術を使って建造されたもので、それを動かすにも最新のシステムが必要だったんです。そうしたオペレーションシステムを応用することは、アメリカの建築界では当たり前に行われていた。けれども日本では見向きもされなかった。建物はあくまでも、建築家の先生の〝作品〟だったんですね。

僕はもともと建築家志望だったわけではないし、この業界のことは何も知らなかった。だから従来の常識にとらわれない、思い切ったやり方ができたんです。杓子《しゃくし》定規ではいかん、自分の頭で考えろと、海軍で徹底的に叩《たた》き込まれたことが役に立ったと思っています。

僕はあの戦争で生き残った者の責任として、戦後の日本の復興の役に立ちたいと思っていました。当時はあらゆる分野で近代化が叫ばれていた時代です。たまたま入った世界であるけれども、僕はその建築界で、近代化というテーマに取り組もうと思ったんです。

＊酒保（しゅほ）
もともとは酒屋で酒を売る人の意。そこから転じて、兵営や艦船の中の売店のこと。

日本初の超高層ビル建築を成功させた池田氏は注目を浴び、高い評価を受けるが、一方で建築界の古い体質と対立することも多かった。池田氏が打ち出した、チームで設計をするという思想は、当時の建築界にはないものだったのである。

四〇代になった池田氏は、独立して設計事務所を立ち上げた。現在の日本設計（当時は日本設計事務所）である。日本では建築家の個人名を冠した設計事務所がほとんどだが、池田氏はそれをしなかった。目標は建築家として名を上げることではなく、どんなプロジェクトにも対応できる組織を作ることだった。

日本設計は大きなプロジェクトを次々に手がけ、国内有数の設計事務所に育っていった。その過程では困難もあったが、戦争中に経験したことに比べれば大したことはなかったと池田氏は言う。

そんな池田氏も、一度だけ仕事のストレスから顔面神経痛になったことがあった。そのとき氏は、自宅玄関の、帰宅してドアを開けると真っ先に目に入る位置に、沈没する「矢矧」の写真パネルを掲げたという。

あのときのことを思い出せば、こんな困難なんかどうってことない。命までは取られないじゃないか――自分にそう言い聞かせるためである。

特攻とは何だったのか

池田氏には二日間にわたって話を聞いた。最後に私は尋ねてみた。

航空特攻作戦を指揮した大西瀧治郎海軍中将は、みずからが発案したとされる特攻攻撃を〝統率の外道〟と呼びましたが、池田さんは、沖縄海上特攻もやはり〝外道〟の作戦だったと思いますか――。

池田氏は言った。いや、そうは思いません、と。

――「矢矧」艦上で指揮をとった第二水雷戦隊司令官・古村啓蔵少将は、戦後、「沖縄海上特攻作戦」という手記を残しています。古村少将は沖縄に出撃するわずか一か月半前に着任、そのとき「矢矧」はレイテ沖海戦で受けた一〇〇か所以上の損傷の修理を終えたばかりでした。

すでに旧式になっていた「矢矧」の二二号電探を新式に取り換えてほしいと呉工廠長に要請しましたが、回天、蛟龍、海龍といった特攻兵器が優先順位の第一位で、巡洋艦は第七位ということで実現しませんでした。

古村少将は米軍の沖縄上陸作戦を予想しており、そうなったら残存海上兵力のすべてを投入しての突入作戦があるものと判断していました。そこで原艦長を東京に出張させ、艦政本部や電波本部にも同じ訴えをしましたが、そこでも断られています。

こうした状況から、古村少将は、軍令部が戦艦や巡洋艦の出動を急に発令することはあり得ないと考えていました。しかし実際には、整備や訓練も十分でないまま準備命令が出され、そのわずか一時間一分後に本命令が下されたのです。古村少将は「第二艦隊を特攻として沖縄に突入させるならば、十分その準備をさせてもらいたかった」と述べています。

第二水雷戦隊の戦闘詳報も「作戦はあくまで冷静にして打算的であるを要する。いたずらに特攻隊の美名を冠して強引な突入作戦を行うと、失うところが大きく、得るところは甚《はなは》だ少ない」と、厳しく批判しています。

原艦長も同じ思いだったのでしょう。駆逐艦「雪風」に救助されて佐世保に帰投し、潜水艦基地隊に収容された際、聯合艦隊司令部から事情聴取に来ていた三上作夫参謀に対し、激しく怒りの声を発していたのを、たまたま通りかかった「矢矧」の生き残りの大迫健次主計中尉が聞いています。他の艦の指揮官たちも、戦後の記録を読むと、それぞれにこの特攻作戦について批判や怒りをもっていたようです。

数千名の生命を預かる責任を負った指揮官たちにとって、その責めを果たすには、あまりに苛酷《かこく》な作戦計画であったことは十二分に推察できます。事実、想像を絶する数の部下を一度に失い、戦果は無に近かっただけに、指揮官たちの思いは切実な重みをもって胸に迫ってきます。

でも、と僕は思うんです。じゃあ当時の状況下で、いったいどんな作戦が可能だったのだろうかと。

「大和」があっても、そして、もしレイテ沖海戦で沈んだ「武蔵」があったとしても、日本にはもう飛行機がなかった。たとえどんな作戦を立てたとしても、飛び道具をもっている相手に、日本刀で斬り込んでいくようなものです。宮本武蔵が何人いたとしても、必ず負ける戦いだったんです。それならば、どう負けるか。座して死を待つのがいいのか——。そう考えると、聯合艦隊の最期は、あのようにするしかなかったのではないかというのが僕の考えです。

だから、出撃のときの僕の気持ちはさばさばしたものでした。死に場所を得たという気持ちです。ただ、応召した兵隊さんや、予備学生の人たちにそれを求めてはいけないということはわかっています。僕たちとは立場が違うし、かれらやそのご家族にとっては、特攻はこの上ない悲劇だったでしょう。

僕は思います。沖縄海上特攻の悲劇は、昭和一六年一二月八日、開戦に踏み切ったそのときに、運命づけられていたのだと。アメリカに戦争を仕掛けた時点で、いずれ特攻作戦しかなくなることは決まっていた。特攻だけを取り上げて批判しても意味のないことです。第一次世界大戦以降、戦争は国を挙げての総力戦になりました。経済力、技術力、そして資源。国の総合力で勝敗が決まるのであって、軍がどんなに強くても——「大和」のような戦艦があっても——駄目なんです。いま考えれば中学生でもわかることなのに、日本という国は戦争を始めてしまった。なぜそんなことになったのか、それを真剣に考え反省しなければ、あれだけの犠牲を払って、何も残らなかったことになってしまいます。

軍部が勝手に戦争を始めたという人たちがいます。戦争指導者たちがすべて悪いんだと。本当にそうでしょうか。戦前といえども、国民の支持がなければ戦争はできません。開戦前の雰囲気を、僕は憶《おぼ》えています。世を挙げて、戦争をやるべきだと盛り上がっていた。ごく普通の人たちが、アメリカをやっつけろと言っていたんです。真珠湾攻撃のときは、まさに拍手喝采《かっさい》でした。

なぜ無謀な戦争を避けられなかったのか。その理由は、日本人一人一人の中にあるはずです。辛くてもそれと向き合わないと、また同じことを繰り返すに違いありません。

戦死者たちは、もはや何も語りません。かれらの死はいったい何であったのか。それは戦後ずっと、僕の心にわだかまり続けている問いです。

日本という共同体は、その共同体のために死んだ人々に対して、心から向き合い、弔《とむら》うということをないがしろにしてきました。死者を置き去りにして繁栄を求めた日本人は、同時に、この戦争によってアジア各国に対して途方もない戦禍を及ぼし、それらの人々の心を傷つけてきた事実からも目を逸《そ》らし続けてきたんじゃないか。僕はそんなふうに思うんです。

池田氏は静かに語り続けた。背筋をピンと伸ばし、いつのまにか日が落ちかけた海の方を向いて。

沖縄海上特攻で生き残り、海軍病院で火傷の手当てを受けた池田氏は、退院後しばらく乗る艦がなく、佐世保で待機していた。昭和二〇年の初夏のことである。その頃、ぶらりとこの大村湾に歩いてやって来たことがある。静かな内海に小さな島が点在する美しい風景。ああ日本はこんなに美しいのだ、もしもこの先、もう少し生きられるなら、こんなところに住んでみたい――二一歳の池田氏はそう思ったという。

命あって、八五歳のいま、その海辺で暮らしている。死者たちが眠る南の海に続く波を見つめながら。

あとがき

平成二一年四月、沖縄海上特攻を行った第二艦隊（第一遊撃部隊）の慰霊の旅に参加した。本書でインタビューした「矢矧」の元乗組員、池田武邦氏のご縁である。

遺族や関係者を乗せた船は鹿児島港を出航し、沈没地点の海域近くで洋上慰霊祭が行われた。追悼の言葉を述べたのは池田氏である。力強い言葉で、亡き戦友たちに呼びかけられた。

その締めくくり、「平成二一年四月六日　池田武邦」と言うべきところで、氏は「昭和二一年四月六日　池田武邦」と言った。本人は気づかなかったのか、訂正することなくそのまま追悼の言葉を終えた。旅の間じゅう、遺族や生還者は互いに戦時中のことを語り合っていたから、つい昭和と言い間違えたのだろう。

船内での慰霊祭が終わると、参加者たちはデッキに出て、用意してきた花束や饅頭《まんじゅう》などを海に投げ入れた。「また来ますよー」「さようならー」と、海の底に眠る肉親や戦友に呼びかけながら。手すりから身を乗り出し、日本酒を海に注ぐ人もいた。

そんな人たちを少し後ろから見ていた池田氏が、静かな声で言った。

「海はいいよねえ、ずっと変わらないから」

陸地の戦場は、月日がたてば風景は一変してしまう。けれども海の景色はいつまでも変わらない。

「同じ季節の、同じような天候のときにこのへんの海に来ると、あのときとまったく景色が同じなんです。ああここに、みんながいまもいるんだな、と思えます」

聞きながら私は、金子兜太氏が、いまのトラック島は見たくない、と言っていたことを思い出した。平和になったのは結構なことだと思うけれど、変わってしまった島は見たくない。あのころのトラック島を、わたしの心の中だけにはとっておきたいんです。そう氏は言った。

人が大勢死に、自分もさんざんな目に遭った場所の、爆撃で荒れ果てた風景を、なぜそんなに大事にするのか。緑したたる美しい島になったいまのトラック島を見たくないのはなぜなのか。

それは、生き残った人にとって、戦地の風景は、死者の思い出とともにあるからなのだろう。同時に、死んだ人たちとともに自分自身もたしかに生きていた時間がそこにはある。

死者たちのいる場所は、多くの兵士たちが、まぎれもなくそこで生きていた場所でもあった。

金子氏はトラック島を「わたしの青春の島」と言った。戦争とはただひたすら愚かで悲惨なものだと私たちは教えられてきた。たしかにそうかもしれないが、それは、戦争の中を生きた個人の時間のすべてが悲惨で愚かだったことを意味するのではない。戦争の時代に青春を過ごした五氏の話からは、そこにもまた、かけがえのない生の時間があったことが伝わってきた。

誰もいなくなったデッキで暮れていく海を見つめながら、私は思った。池田氏はこの慰霊の旅の間、〝平成〟という現在から離れ、〝昭和〟に身を置いていたのかもしれないと。人生を凝縮したようなあの時間に、きっと逆戻りしていたのだろう。だからごく自然に「昭和二一年」という言葉が出てきたのだ。そういえばあのとき、池田氏が「昭和」と言ったことに違和感をおぼえた人はいないように見えた。「え？」という顔をしたり、目を見合わせたりする人は誰もいなかった。私の聞き間違いだったのかと思ったほどである。あのとき、居合わせた人はみな、それぞれに死者と対話しつつ、ひととき昭和という時代に身を置いていたのではないだろうか。

特別な場所で語られた言葉は、不思議な影響を人に及ぼすことがある。池田氏が「昭和二一年四月六日」と言ったその瞬間、私の頭に、見たことのないはずの、戦争直後の焼け跡の光景が浮かんだ。これまでに見た写真や映像、人から聞いた話をもとに、勝手に脳がイメージを結んだのだろう。

そしてそのとき、ふと考えたのだった。私が取材をした五人の元兵士たちは、昭和二一年四月に、どこで何をしていたのだろう、と。

金子兜太氏は、戦後捕虜としてまだトラック島にいた。若い米兵たちの屈託のない明るさに打ちのめされながら、バクチに勝った部下がくれるアメリカ煙草を、日に一〇〇本も吸っていた。

大塚初重氏は、上海の収容所から一月末に復員、商工省の特許標準局に職を得たが、夜学で学ぼうと決心し、明治大学の専門部を受験。歴史・地理学科の新入生になっていた。

三國連太郎氏は、漢口の収容所にいた。ポマードや美顔クリームを作り、日本人ではないふりをして、収容所の外に売りに行っていた。

水木しげる氏は、三月にニューギニアから駆逐艦「雪風」で復員、左腕を失っていたため、傷病兵として神奈川県の臨時東京第三陸軍病院（現・国立相模原病院）に収容されていた。

池田武邦氏は、終戦後、復員業務に従事していたが、三月に東京帝大の入学試験を受け、この月、大学生として学びはじめていた。

戦後、はじめて巡ってきた春である。戦争の影を引きずりながらも、兵士ではなくなった若者たちは、新しい一歩を踏み出そうとしていた。それは、日本という国の、何もかもなくした敗戦からの第一歩でもあった。

本書で取り上げた五氏は、大正八年から一五年の生まれである。つまり、全員が昭和という時代を丸ごと全部生きている。本書は角川書店の小冊子「本の旅人」誌上での一年半にわたる連載をもとにまとめたものであるが、いま改めて読み返してみると、私は五氏の証言を記録するためというよりも、傍らにいて、かれらが死者に語りかける声を聞くために、インタビューに通っていた気がする。ときに静かで、ときに熱いその声を、本書から聞き取っていただけたら嬉《うれ》しく思う。

最後に、こころよく取材に応じ、長時間にわたって貴重なお話を聞かせてくださった五氏に、心からお礼を申し上げたい。本当にありがとうございました。

平成二一年六月

梯　久美子

すべてを失った若者たちの再生の物語　対談　児玉清×梯久美子

戦争が青春だった

児玉　この本は五人の方へのインタビューをもとに書かれていますが、戦争とは何かという以上に、人間が生きるとはどういうことかということが、読んでいると胸に迫ってくる感じがあるんです。僕は終戦のときに小学校六年生でしたから、この時代のことを、自分の目で見てもいますから、なおさらいろいろ考えさせられました。

梯　児玉さんは東京のご出身ですよね。

児玉　はい。戦時中は集団疎開で群馬県の四万《しま》温泉にいました。この本の中で、海軍士官だった池田武邦さんが、沖縄海上特攻で生き残った後、小学生の子供が無心に遊んでいるのに出会う場面があるでしょう。

梯　二一歳だった池田さんが、その子たちの将来を思ってなんともいえない暗い気持ちになったという……。

児玉　自分は、今度は特殊潜航艇での特攻をやることになっていて、もうすぐ死ぬけれども、後にこういう子供たちが残るんだと気づくわけですね。僕はこれを読んで、あの頃の僕たちも、兵隊さんたちからこんなふうに見られていたのかもしれないと思いました。疎開先にはよく兵隊さんたちが遊びに来ていましたから。僕たちは絶対に勝つと思っていましたし、兵隊さんたちも勇ましい話をしていましたが、内心はどうだったんだろうと……。

梯　今思えば、その兵隊さんたちも、本当に若かったわけで。

児玉　そうなんです。この本に出てくる方たちも、終戦のときに一八歳から二六歳でしょう。

梯　戦争がそのまま青春時代だった人たちですよね。

児玉　死亡率も高かった世代です。池田さんの場合、海軍兵学校の同期生の六二五人中、三三五人が戦死したそうですね。この本の大きな柱として、生き残った若者たちが、戦後、死者をどのように背負っていくかというテーマがあると思うんですが、これはやはり、梯さんがこれまで戦争についての取材をなさってきた中から出てきたテーマですか。

梯　戦争について書くということは、亡くなった人のことを書くということでもあります。

私と直接的には関係のない死者なんですが、書いたことによって縁を結んだという感覚があるんです。縁もゆかりもない死者が、ただの死者ではなくなるというのは、ものを書く職業ならではのことだと思うんですが、その死者たちとどうつきあっていけばいいのかわからない。書いたらそれでお終《しま》い、というのでいいのかな、と思ってしまうんです。

児玉　この本の中に、祈ればいいのかもしれないけれども、どうやって祈ればいいのかわからない、ということを書いていらっしゃる部分がありますね。僕はあれがとても印象的だったんですが。

梯　硫黄島とかサイパンとか沖縄とか、戦地になったところに実際に行っていますし、そこで毎回、手を合わせますけど、心の中で小さく戸惑っている自分がいるんですよ。やすらかに眠ってください、とか普通は呼びかけるんだろうなって思うんですけど、私の仕事って、どちらかというと、眠っている死者を無理やり揺り起こすようなことですから。それに、亡くなった人のために書いているのかというと、正直、そうじゃないような……。あくまでも自分が知りたいと思って取材していますし。もちろん強く心を惹《ひ》かれた相手だからこそ書きたいと思うわけですが、なんか死んだ人をネタにしているような罪悪感があって。

死者とのつきあい方

梯　それで、あるとき雑誌で俳人の金子兜太さんのインタビュー記事を読んだら、毎朝、忘れられない死者の名前と顔を一人ずつ思い出しているという話が出てきて。金子さんは海軍主計中尉としてトラック島に行った人で、部下をたくさん亡くしているんですね。そうか、こういうふうに死者とつきあっている人がいるのかと思って、この人の話を聞いてみたいと思ったんです。

児玉　それで会いに行った。そこからこの本の取材が始まったんですね。

梯　そうです。もちろん私とはぜんぜん立場が違うわけですが、私の中に、戦争で死んだ人のことを、どういうふうに考えたらいいんだろうかという問いがあったものですから。で、お会いしてみたら金子さんの話が面白くて……。

児玉　印象的な話がたくさん出てきます。前線で句会を開いていた話とか、部下が荒くれ者揃いで、バクチや男色行為が珍しくなかった話とか。僕たちの知らない戦地の姿ですよね。僕が一番印象的だったのは、敗戦後、トラック島に米軍が進駐してきて、その明るさに打ちのめされたという話。

梯　海兵隊の若い兵士たちで、無邪気で陽気なんですよね。海に向かって一列に並んで一斉にオシッコしたり。

児玉　その屈託のなさに金子さんは惹かれるんだけれども、同時にものすごく打ちのめされる。飢えて死んでいった自分の部下とのあまりの違いに……。僕はね、これを読んで、戦後、疎開先に進駐軍がやってきたときのことを思い出しました。

梯　群馬県に？

児玉　そうです。カービン銃を持った黒人兵を先頭に、ジープに乗って。大人たちから見ちゃいけないといわれていて、宿舎だった公会堂の雨戸の隙間から、そっと覗《のぞ》いてね。あのときジープってものを初めて見ました。これは一体何なんだろうと思いましたよ。ピカピカしていて軽快で、子供心を何ともいえず刺激する……もう目が釘付《くぎづ》けですよ。あのときの気持ちは忘れられませんね。

梯　金子さんの話は、描写が映像的で、目に浮かぶようなんですね。一人一人のエピソードがあまりにも生き生きしているので、聞いているうちに、その人は生者なのか死者なのか、わからなくなってくる。金子さんの心には、その人が死んでしまったという事実よりも、その人とともに生きていた時間のあざやかさのほうが、深く刻みつけられているんじゃないかと思うんです。

児玉　考古学者の大塚初重さんの体験もすごい。乗っていた船が撃沈されて、ぶらさがっていたワイヤーにつかまるんですね。ところが脚に他の兵隊さんがすがりついてきて……。

梯 思わず振りほどいてしまう。

児玉 その経験を、核のところにずっと持って、戦後を生きてこられたわけでしょう。この方が素晴らしいのは、戦争で体験したことが、その後の人生に全部つながっていること。

梯 そうですね。船が撃沈されて、海を漂っているとき、まわりでどんどん兵隊が沈んで死んでいくのを見て、この戦争は負けるかもしれないと思うわけです。日本は神国で、絶対に負けないという教育を自分はずっと受けてきたけれども、あれは何だったんだろうと考えるんですね。で、もし生き延びることができたら、きちんとした歴史を学びたい、で・きれば教師になって、子供たちに教えたいと。

児玉 その思いを、見事に果たされるわけです。僕はね、大塚さんの戦時中の体験というのは確かに壮絶で圧倒されるけれども、一番感動したのは、戦後、考古学の学生になって「たしかに俺は金はない。でも、石棺だったら、俺が最先端だよ」と思いながら銀座通りを歩くところ。

梯　私もあの話が好きです。大塚さんは考古学の中でも石棺が専門で、貧しい生活の中で、その研究を地道に続けていらした。この話を聞いたとき、華やかな銀座通りを精いっぱい胸を張って歩く、若かった大塚さんの姿が見えるような気がして……。

児玉　僕はあそこを読んで泣きましたよ。あなたが書いてらっしゃるでしょう、〈そのささやかな誇りを大切に抱きしめて、戦後を生きたのである〉って。あの当時の貧しさと、日本がどうなるかわからないという不安。その中で、何をよすがにして生きていたのかがわかるような気がして。

梯　戦時中の凄惨《せいさん》な経験から立ち直れなかった人もたくさんいると思うんです。大塚さんは大学の夜間部で働きながら学んで、考古学の第一人者になられたわけですが、やはりそれは、こういう小さいけれど大事な何かを、ずっと持ち続けることができたことに関係があるような気がします。

児玉　そして三國連太郎さん。いやあ、僕はこれ読んでびっくりしましたね。まさかこんな波瀾《はらん》万丈の半生があったとは。徴兵忌避でしょう。当時は大罪ですよ。

梯　海峡を手こぎの舟で渡って、大陸に逃げようとした。しかも女性を連れて。

児玉　そんなことを思いついた理由がまたすごい。一〇代の頃に貨物船で密航して大陸に渡ったことがあるんだそうですね。

梯　それで、召集されたとき、「逃げるなら大陸だ」と。

児玉　ドラマみたいな話です。あと、感動したのは、お父さんの話。

梯　三國さんのお父さんは、シベリア出兵に従軍した経験がある方なんですね。

児玉　そのときにどんな経験をされたのか、会社の部下が入隊するときも、絶対に万歳をしない。これ、当時はなかなかできないことですよ。まさに反骨の人です。このお父さんとのエピソードが、実にいいんです。詳細は読んでもらうしかないんだけれども……。すぐになぐる人で、でも三國さんはそんなお父さんが大好きで。なぐられた傷を、あなたに見せてくれたんでしょう。

梯　そうなんです。頭を差し出して、髪の毛をこう分けて、「ほら、ここです、いまもはげているでしょう」って。それがすごく嬉《うれ》しそうなんですよ。

児玉　三國さんのことを、大人になってからもずっと「小僧」と呼んでいた、って。何だかいいですよね。しかも、このお父さんの人生にも、たいへんなドラマが隠されていた。読んでいてそれが明かされたときは、ええっ！　とびっくりしました。まるでミステリー小説のようですよね。

梯　淡々とお話しになるんですけどね。

過去を問い直すことの大切さ

児玉　水木しげるさんがまた不思議な人。この方が見ている世界というのは、やはり常人とはどこか違う気がしますね。

梯　遭遇する出来事も、ものすごく変わってます。

児玉　生きた魚を喉《のど》につまらせて死んだ戦友の話が出てきますよね。そういう想像もつかないようなことが、この方のまわりでは起こる。九死に一生を得るという体験も何度もなさっています。水木さんのもつ何かが運命を引き寄せているとしか思えない。

梯　「運命とは個性である」という言葉を聞いたことがあるんですが、それを思い出しました。

児玉　ヘラクレイトスですね。その人の性格が、運命なり宿命なりを決めているんだというう。この方のキャラクターとして、平気で範疇《はんちゅう》を超えるというか、矩《のり》を踰《こ》えていくようなところがありますね。

梯　ひょいと超えてしまう。

児玉　真剣に物事を突き詰めようとしない。でも、ぜんぜん違う形で正鵠《せいこく》を射るというか、本質を突いてしまう。で、「(戦後は) 幸せに暮らす方針になりました」とか「人はみな許されて存在している」なんていう名言が出てくる。

梯 もっともらしいことは絶対おっしゃらない方で、だからかえって、ふっと出てきたそういう言葉に説得力がある。

児玉 「やっぱりお金は大切です」という名言も出てきます(笑)。

梯 リアリストなんです。でもその一方で、神秘的としかいえないような体験もされている。本当に稀有《けう》な方ですね。

児玉 そして最後に登場するのが建築家の池田武邦さん。今日、最初のほうでちょっと話が出ましたが、沖縄海上特攻で生き残った方なんですね。「矢矧」という軽巡洋艦に乗っていた海軍士官で、戦艦「大和」と一緒に出撃したという。僕はこの「矢矧」という軍艦のことを知らなくて。

梯 私も実はよく知らなかったんです。池田さんはこの「矢矧」で、マリアナ沖海戦、レイテ沖海戦、沖縄海上特攻と三つの大きな海戦を経験して、いずれも生き残った。

児玉 配置がずっと艦橋だったから、それぞれの戦いの全体像を見ている。こんな方がいらっしゃるんですね。戦闘の様子が実にリアルに語られていて、記録としても大変貴重です。

梯　特攻に向かう若者の気持ちとか、戦友の死に立ち会うとはどういうことかとか、ていねいに話してくださいました。

児玉　この方の話から考えさせられたことは本当にたくさんあるんだけれども、自分たちの共同体のために死んだ人を心から弔うということを、戦後の日本人はないがしろにしてきたんじゃないかとおっしゃっている部分があって、これはもう痛切にね、胸に来ました。

梯　日本人は戦後、後ろを振り向かないで、前だけを見て走ってきてしまった。それで経済的には豊かになったけれども、本当にそれでよかったのか、と。

児玉　それは、梯さんのこの本が問いかけているテーマでもありますよね。僕はこの本を読んで、死者を媒介にして過去を問い直すということの大事さについて、あらためて考えさせられました。それをやらないと、日本人はまた同じことを繰り返してしまいます。難しい作業ですけど、梯さんの文章を通すと、自然に心が動いてくるというか、戦争の時代を生きて死んでいった人たちに、感情移入できるんです。

梯　歴史って大きすぎて、なんだか漠然としか考えられないんですけど、個人の生きる姿を通してみると、急にリアリティをもってくるところがある。この本を通して、戦争の時代を生きた若者たちの姿にふれてもらえたらいいな、と思っています。

＊　＊　＊

この対談は、本書が単行本として刊行された二〇〇九年夏、角川書店の小冊子「本の旅人」誌上で行われたもので、文庫化に当たり、児玉清氏の承諾を得て収録した。

対談の日、本書はまだ校正刷りの段階だった。おびただしい数の付箋が貼られた重たい校正紙の束を抱えて対談場所にあらわれた児玉氏は、自身の戦時中の記憶を交えつつ、本書に登場する五人の方の生き方について、長時間にわたって丁寧に語ってくださった。そこには当時の若い兵士たちへの共感と、深い敬意があった。

本書の刊行直前の二〇一一年五月一六日、児玉氏は急逝された。本を愛し、書くことを職業とするすべての人間に温かいエールを送ってくださった児玉氏に、心からの感謝を捧げたい。

梯　久美子

【『昭和二十年夏、僕は兵士だった』関連年表】

兵士たちの動き

1919（大正8）年
9月23日　金子兜太、埼玉県に生まれる。

1922（大正11）年
3月8日　水木しげる、鳥取県に生まれる。
この年　金子兜太、父の勤務地である上海に移り4歳まで過ごす。

1923（大正12）年
1月20日　三國連太郎、群馬県に生まれる。

1924（大正13）年
1月14日　池田武邦、高知県に生まれる。

1926（大正15）年
11月22日　大塚初重、東京都に生まれる。

政治、社会の動き

1919（大正8）年
6月28日　ヴェルサイユ条約調印。

1920（大正9）年
5月2日　日本初のメーデー。

1922（大正11）年
2月6日　ワシントンでワシントン海軍軍縮条約調印。
7月15日　非合法に日本共産党結成。

1923（大正12）年
9月1日　関東大震災。
この年　北一輝が『日本改造法案大綱』発表。

1925（大正14）年
3月19日　治安維持法成立。
3月29日　普通選挙法成立。

1932（昭和6）年
金子兜太、埼玉県立熊谷中学入学。

1937（昭和12）年
金子兜太、旧制水戸高等学校文化乙類に入学。
3月　水木しげる、小学校高等科卒業後、大阪に出て就職するが、二か月で離職。

1929（昭和4）年
4月16日　共産党員大量検挙。
10月24日　世界恐慌始まる。

1930（昭和5）年
4月22日　ロンドン海軍軍縮条約調印。

1931（昭和6）年
3月　軍部によるクーデター未遂「三月事件」。
9月18日　満洲事変始まる。
10月17日　軍部クーデター計画発覚「十月事件」。

1932（昭和7）年
2月9日　血盟団事件。
5月15日　五・一五事件。

1933（昭和8）年
3月27日　日本が国際連盟脱退。

1935（昭和10）年
8月12日　陸軍省軍務局長・永田鉄山暗殺。

1936（昭和11）年
2月26日　二・二六事件。

1937（昭和12）年
7月7日　盧溝橋事件。日中戦争始まる。
12月13日　南京大虐殺。

この年　三國連太郎、密航して中国大陸の青島へ。
朝鮮半島の釜山を経て帰郷。

1940（昭和15）年
12月　池田武邦、海軍兵学校入校。

1941（昭和16）年
金子兜太、東京大学経済学部入学。

1942（昭和17）年
この年　水木しげる、徴兵検査を受け乙種合格。
10月　軽巡洋艦「矢矧」進水。

1943（昭和18）年

1938（昭和13）年
4月1日　国家総動員法公布。

1939（昭和14）年
5月11日　ノモンハン事件。
9月1日　第二次世界大戦勃発。

1940（昭和15）年
9月27日　日独伊三国同盟調印。

1941（昭和16）年
4月1日　小学校が国民学校に改称。
13日　日ソ中立条約調印。
7月28日　日本軍、南部仏印に進駐。
10月18日　東條英機内閣発足。
11月26日　アメリカが「ハル・ノート」を提示。
12月8日　日本軍、真珠湾を奇襲攻撃。
10日　マレー沖海戦。
16日　戦艦「大和」竣工。

1942（昭和17）年
1月2日　日本軍、マニラ占領。
2月15日　日本軍、シンガポール占領。
6月5日　ミッドウエー海戦。
8月7日　米軍がガダルカナル島に上陸。

1943（昭和18）年

春　水木しげる、召集され鳥取聯隊に入隊。
9月　池田武邦、海軍兵学校を卒業。
金子兜太、東大を繰り上げ卒業し、日本銀行に入行。3日後に退職して、海軍経理学校に入る。
11月　池田武邦、軽巡洋艦「矢矧」の艤装員として少尉候補生で着任。
12月　大塚初重、旧制中学を繰り上げ卒業、海軍省を受験し海軍水路部気象観測班に配属。
12月「矢矧」竣工。池田武邦、航海士に任命される。
三國連太郎、召集を受け逃亡するも逮捕され、静岡第三四聯隊に入隊。
1944（昭和19）年
2月　金子兜太、主計中尉に任官。
3月初旬　金子兜太、トラック島に着任。
6月19日　軽巡洋艦「矢矧」、マリアナ沖で米軍と交戦。
10月　大塚初重、横須賀海兵団入団。
10月23日—26日　軽巡洋艦「矢矧」、レイテ沖で米軍と交戦。
トラック島で陸軍が句会を開き始める。
10月27日　池田武邦、亡くなった親友・伊藤中尉

2月7日　ガダルカナル島陥落。
4月18日　連合艦隊総司令長官・山本五十六が戦死。
5月29日　アッツ島の日本軍守備隊玉砕。
10月21日　学徒出陣。
1944年（昭和19）年
3月8日　インパール作戦始まる。
6月15日　米軍、サイパン島上陸。
19日　マリアナ沖海戦始まる。
7月7日　サイパン島の日本守備隊玉砕。
8月2日　テニアン島の日本守備隊玉砕。
10月15日　初めての特攻作戦。
23日　レイテ沖海戦。

の亡骸を水葬に付す。

1945(昭和20)年

3月5日　大塚初重、海軍一等兵曹になる。

3月31日　大塚初重、寿山丸に乗り佐世保を出航。

4月6日　池田武邦が乗船した「矢矧」、戦艦「大和」とともに沖縄に出撃。

4月7日　「大和」とともに「矢矧」沈没。

4月13日　大塚初重の乗艦した寿山丸が魚雷攻撃を受け撃沈。

5月　池田武邦、大竹海軍潜水学校の教官となる。

10月　池田武邦、復員船「酒匂」に分隊長として乗り組み、復員業務に従事。

1946(昭和21)年

1月末　大塚初重復員。

1945(昭和20)年

2月4日　ヤルタ会談。

19日　米軍、硫黄島攻撃。

3月9日　東京大空襲。

13日　大阪大空襲。

22日　硫黄島の日本軍守備隊玉砕。

4月1日　米軍、沖縄上陸開始。

5月14日　名古屋大空襲。

29日　横浜大空襲。

6月19日　福岡大空襲。

7月10日　仙台大空襲。

26日　ポツダム宣言発表。

8月6日　広島に原爆投下。

8日　ソ連軍が満洲に侵攻。

9日　長崎に原爆投下。

15日　日本無条件降伏。

30日　マッカーサー、厚木飛行場に到着。

9月2日　降伏文書調印。

27日　天皇がマッカーサーを訪問。

1946(昭和21)年

1月1日　天皇の人間宣言。

3月　水木しげる復員。
4月　池田武邦、東京帝国大学工学部建築学科に入学。
大塚初重、明治大学専門部に入学。商工省で働きながら学ぶ。
11月　金子兜太復員。
三國連太郎、上海の旧昭和島から帰国。

5月3日　東京裁判開廷。
12月8日　シベリアからの初めての引揚船が舞鶴入港。

本書は二〇〇九年七月小社刊の単行本に加筆し、文庫化したものです。
「すべてを失った若者たちの再生の物語　対談　児玉清×梯久美子」は
「本の旅人」二〇〇九年八月号に掲載されたものです。

昭和《しょうわ》二十《にじゅう》年《ねん》夏《なつ》、僕《ぼく》は兵士《へいし》だった

梯《かけはし》 久美子《くみこ》

平成23年 6月25日　初版発行
令和7年 9月10日　15版発行

発行者●山下直久

発行●株式会社KADOKAWA
〒102-8177　東京都千代田区富士見2-13-3
電話　0570-002-301（ナビダイヤル）

角川文庫 16876

印刷所●株式会社KADOKAWA
製本所●株式会社KADOKAWA

表紙画●和田三造

ISBN978-4-04-394449-1　C0195

角川文庫発刊に際して

角　川　源　義

第二次世界大戦の敗北は、軍事力の敗北であった以上に、私たちの若い文化力の敗退であった。私たちの文化が戦争に対して如何に無力であり、単なるあだ花に過ぎなかったかを、私たちは身を以て体験し痛感した。西洋近代文化の摂取にとって、明治以後八十年の歳月は決して短かすぎたとは言えない。にもかかわらず、近代文化の伝統を確立し、自由な批判と柔軟な良識に富む文化層として自らを形成することに私たちは失敗して来た。そしてこれは、各層への文化の普及滲透を任務とする出版人の責任でもあった。

一九四五年以来、私たちは再び振出しに戻り、第一歩から踏み出すことを余儀なくされた。これは大きな不幸ではあるが、反面、これまでの混沌・未熟・歪曲の中にあった我が国の文化に秩序と確たる基礎を齎らすためには絶好の機会でもある。角川書店は、このような祖国の文化的危機にあたり、微力をも顧みず再建の礎石たるべき抱負と決意とをもって出発したが、ここに創立以来の念願を果すべく角川文庫を発刊する。これまで刊行されたあらゆる全集叢書文庫類の長所と短所とを検討し、古今東西の不朽の典籍を、良心的編集のもとに、廉価に、そして書架にふさわしい美本として、多くのひとびとに提供しようとする。しかし私たちは徒らに百科全書的な知識のジレッタントを作ることを目的とせず、あくまで祖国の文化に秩序と再建への道を示し、この文庫を角川書店の栄ある事業として、今後永久に継続発展せしめ、学芸と教養との殿堂として大成せんことを期したい。多くの読書子の愛情ある忠言と支持とによって、この希望と抱負とを完遂せしめられんことを願う。

一九四九年五月三日

角川文庫ベストセラー

ひめゆり
沖縄からのメッセージ
小林照幸
人間が人間でなくなっていく〝戦場〟での体験を語り続ける宮城喜久子。記録映像を通じて沖縄戦の実相を伝えていく中村文子。二人のひめゆりの半生から沖縄戦、そして〝戦後日本と沖縄〟の実態に迫る一級作品!!

国家と神とマルクス
「自由主義的保守主義者」かく語りき
佐藤優
知の巨人・佐藤優が日本国家、キリスト教、マルクス主義を考え、行動するための支柱としている「多元主義と寛容の精神」。その〝知の源泉〟とは何か? 思想の根源を平易に明らかにした一冊。

国家と人生
寛容と多元主義が世界を変える
佐藤優
竹村健一
沖縄、ロシア、憲法、宗教、官僚、歴史……幅広いテーマで、「知の巨人」佐藤優と「メディア界の長老」竹村健一が語り合う。知的興奮に満ちた、第一級のインテリジェンス対談!!

地球を斬る
佐藤優
〈新帝国主義〉の時代が到来した。ロシア、イスラエル、アラブ諸国など世界各国の動向を分析。北朝鮮―イランが火蓋を切る第三次世界大戦のシナリオと、勢力均衡外交の世界に対峙する日本の課題を読み解く。

国家の崩壊
佐藤優
宮崎学
1991年12月26日、ソ連崩壊。国は壊れる時、どんな音がするのか? 人はどのような姿をさらけだすのか? 日本はソ連の道を辿ることはないのか? 外交官として渦中にいた佐藤優に宮崎学が切り込む。

角川文庫ベストセラー

それでもドキュメンタリーは嘘をつく　森　達也

「わかりやすさ」に潜む嘘、ドキュメンタリーの加害性と鬼畜性、無邪気で善意に満ちた人々によるファシズム……善悪二元論に簡略化されがちな現代メディア社会の危うさを、映像制作者の視点で綴る。

死刑　森　達也

賛成か反対かの二項対立ばかり語られ、知っているようでほとんどの人が知らない制度、「死刑」。生きていてはいけない人などいるのか？　論理だけでなく情緒の問題にまで踏み込んだ、類書なきルポ。

いのちの食べかた　森　達也

お肉が僕らのご飯になるまでを詳細レポート。おいしいものを食べられるのは、数え切れない「誰か」がいるから。だから僕らの暮らしは続いている。〝知って自ら考える〟ことの大切さを伝えるノンフィクション。

オカルト　現れるモノ、隠れるモノ、見たいモノ　森　達也

職業＝超能力者。ブームは消えても彼らは消えてはいない。否定しつつも多くの人が惹かれ続ける不可思議な現象、オカルト。「信じる・信じない」の水掛け論を超え、ドキュメンタリー監督が解明に挑む。

娼婦たちから見た日本　黄金町、渡鹿野島、沖縄、秋葉原、タイ、チリ　八木澤高明

沖縄、フィリピン、タイ。米軍基地の町でネオンに当たり続ける女たち。黄金町の盛衰を見た外国人娼婦。国策に翻弄されたからゆきさんとじゃぱゆきさん。世界最古の職業・娼婦たちは裏日本史の体現者である！

角川文庫ベストセラー

太平洋戦争　日本の敗因5
レイテに沈んだ大東亜共栄圏
編／ＮＨＫ取材班

八紘一宇のスローガンのもとで、日本人は何をしたのか。敗戦後、引き揚げる日本兵は「ハポン、パタイ！（日本人、死ね！）」とフィリピン人に石もて追われたという。戦下に刻まれた、もう一つの真実を学ぶ。

太平洋戦争　日本の敗因6
外交なき戦争の終末
編／ＮＨＫ取材班

日本上空が米軍機に完全支配され、敗戦必至とみえた昭和二〇年一月、大本営は「本土決戦」を決めたが——。捨て石にされた沖縄、一〇万の住民の死。軍と国家は、何を考え、何をしていたのかを検証する。

マルクスを再読する
主要著作の現代的意義
的場昭弘

資本主義国家が外部から収奪できなくなったとき、資本主義はどうなるのか？　この問題意識から、主要著作を読み解く。〈帝国〉以後の時代を見るには、資本主義〝後〟を考えたマルクスの思想が必要だ。

増補「戦後」の墓碑銘
白井聡

「平成」。国民益はもとより国益とも無縁な政治が横行するようになった時代。昭和から続いた戦後政治は、崩落の時を迎えている。その転換点はいつ、どこにあったのかを一望する論考集が増補版で文庫化！

新版　増補
共産主義の系譜
猪木正道

画期的な批判的研究の書として、多くの識者が支持した名著。共産主義の思想と運動の歴史を、全体主義に抗す自由主義の論客として知られ、高坂正堯ら錚々たる学者を門下から輩出した政治学者が読み解く!!